Raoul Habenicht gegen den Rest der Welt

Helmut Sakowski

Thienemann

Wieder ist ein Kind verschwunden

Ende August hatte der Fernsehsender N3 einen Bericht verbreitet, der jeden Zuschauer erschreckte.

Wieder war ein Kind verschwunden und offensichtlich einem Verbrechen zum Opfer gefallen. Bei dem Vermissten handelte es sich um den dreizehnjährigen Raoul Habenicht.

Sein Foto flimmerte über die Bildschirme. Es zeigte ein fröhliches, sommersprossiges Gesicht mit lachend geöffnetem Mund, kräftigen Zähnen und blauen Augen. Der Junge war rothaarig und gut bei Leibe.

Er hatte es seinen Verschleppern schwer gemacht, das musste aus den Spuren am Tatort geschlossen werden, die man nach langer Suche am Ufer des Woblitzsees fand.

N3 zeigte eine Hundertschaft der Polizei, die, Reihe an Reihe, von Fährtenhunden unterstützt, das Dickicht durchkämmte.

Ein Hubschrauber flog in so geringer Höhe über das Gehölz, dass er die Zweige peitschte. Der Pilot entdeckte schließlich Kleidungsstücke. Sie wurden sorgfältig untersucht, die Fußabdrücke und Schleifspuren gesichert.

Alles deutete auf einen Kampf hin. Der Anorak des Opfers war zerrissen, ein Schuh mit Plateausohle wurde im seichten Wasser entdeckt. Von der Leiche fehlte jede Spur, obwohl sich noch in den Abendstunden zwei Taucher vom Bundesgrenzschutz in die Tiefe des Woblitzsees absinken ließen. Sie bargen nichts als ein verrottetes Kinderwagengestell.

Auch die Eltern des Opfers wurden ins Bild gebracht. Die Mutter, eine junge Frau, war gut gekleidet und hübsch anzusehen. Sie wurde von Woldemar Lengefeld gestützt, dem Stiefvater des Jungen, einem glatzköpfigen, dicknasigen und massigen Herrn von beträchtlicher Größe.

Der leitende Kriminalbeamte trug Handschuhe, hielt mit spitzen Fingern den zerfetzten Anorak in die Höhe und zeigte ihn der Mutter vor. Sie bewegte schmerzlich den Kopf und warf sich dann aufschluchzend an die Brust des dicken Mannes.

Der Reporter nannte ihren Namen und wartete, bis die Frau das Gesicht zur Kamera wendete. Es war tränenüberströmt.

Sie rief anklagend: »Geben Sie uns unseren Sohn zurück!«

Frau Lengefeld war also überzeugt, dass ihr Sohn noch am Leben war, sonst hätte sie keinen so ergreifenden Appell an die Kidnapper gerichtet.

An dieser Stelle blendete N3 noch einmal das Gesicht des lachenden Raoul ein. Dann erschien die Sprecherin im Bild und fragte, wem dieser Junge aufgefallen wäre. Jeder Hinweis sei wichtig.

Am Schluss versprach der Sender, in der nächsten Ausgabe des Nachrichtenmagazins wieder über den traurigen Fall zu berichten.

Der Kriminalkommissar vor Ort hieß Heiner Maaß und unterschied sich von den Ermittlern, die man vom Fernsehen kennt. Er war weder schlampig gekleidet, noch besaß er ein Glasauge, das jenen schielenden Blick verursacht, der jeden Täter verunsichert. Zwar bevorzugte auch er Jeans, die allerdings nicht so hauteng geschnitten waren, dass man befürchten musste, sie würden bei jeder Kniebeuge reißen. Diese Gefahr besteht bei einem Polizeibeamten, der mit entsicherter Pistole mehr als einmal in die Hocke muss. Er trug einen ordentlichen Blazer, rasierte sich täglich und war nicht dunkelhaarig wie die meisten Fernsehkommissare, sondern semmelblond und pferdegesichtig wie ein Wikinger.

»Darf ich das Zimmer des Jungen sehen?«

Jede Ermittlung im Hause beginnt mit dieser Frage.

Raouls Mutter wusste das und öffnete widerspruchslos die Tür. Sie brauchte sich nicht einmal wegen der Unordnung ihres Sohnes zu entschuldigen, sein Zimmer sah aus, als habe seit Tagen niemand darin gewohnt, und war eingerichtet wie die meisten Jugendzimmer: Schreibtischplatte mit Computer am Fenster, ein paar Poster, ein paar Bücher, ein Recorder mit dazugehörigen CDs.

Eine von ihnen nahm Kommissar Maaß in die Hand: Beethoven, *Pastorale*. Er verzog den Mund zu einer Grimasse der Anerkennung und äußerte sein Erstaunen, als man später im Wohnzimmer in der Runde saß.

Auch die Großeltern mütterlicherseits hatten Platz genommen. Doktor Parisius war ein Mediziner mit gut gehender Praxis in Niegenburg. Seine Gattin trug das Haar hoch aufgetürmt und auf so tiefschwarze Weise gefärbt, dass sie bleich wie eine Leiche wirkte.

»Beethoven im Regal eines Dreizehnjährigen?«

»Raoul hatte das Glück, in einem kultivierten Elternhaus aufzuwachsen«, meinte Doktor Parisius. »Er zeigte von klein auf Interesse für ernste Musik. Außerdem, bei der *Pastorale* geht ja was vor, Action, wenn Sie so wollen. Man brauchte den Jungen nicht zweimal zu fragen: ›Hörst du, wie das Gewitter grollend heraufzieht, wie die Wolken bersten? Siehst du, wie die Blitze peitschen?‹ Er hatte Phantasie, nicht wahr, Carola?«

Raouls Mutter nickte. »Er war ein empfindsames Kind.«

»Und Sie können sich keinen Grund denken, der den Jungen veranlasst haben könnte« – Kommissar Maaß zögerte, ehe er das Wort aussprach – »abzuhauen?«

Ratlosigkeit bei den Eltern und Großeltern. Der Kommissar hakte nach: »Sie glauben tatsächlich an Kidnapping, Frau Lengefeld?«

»Was sollte es sonst sein?«

»Ist eine Lösegeldforderung gestellt worden?«

Carola Lengefeld verneinte: »Bei uns gibt es nichts zu holen. Bei meinem Vater allerdings ...«

Doktor Parisius sagte: »Ich glaube, es geht nicht um Geld, Carola. Meine Sorge zielt in anderer Richtung.« Er blickte seine Familie, einen nach dem anderen, an. »Reden wir doch Klartext.«

»Darum möchte ich bitten«, meinte der Kommissar und hörte aufmerksam zu.

»Raoul hatte sich mit den Rechten angelegt. Vor einiger

Zeit wurde das Asylantenheim in der Oststadt abgefackelt. Bei dieser Gelegenheit verschwand ein zwölfjähriges Kurdenmädchen. Es sollte abgeschoben werden, die Skins wollten es fangen und den Häschern ausliefern. Raoul hatte das verhindert. Die Rechten waren blamiert. Ein Racheakt ist denkbar.«

»Aha!« Dem Kommissar ging plötzlich ein Licht auf. Er hatte schon von diesem Raoul Habenicht gehört. »Da gab es doch diese unglaublichen Schlägereien im Schlossgymnasium?«

»Leider«, seufzte Frau Lengefeld, »leider.«

Maaß erhob sich. »Ich lasse von mir hören.«

Das dauerte freilich eine Weile.

Eines Tages erfuhr der Kommissar, der vermisste Junge solle sich an der Ostsee aufhalten, und nahm unverzüglich Kontakt mit der Kriminalpolizei in Rostock auf.

Die Kollegen hatten tatsächlich einen Herumtreiber im Visier, auf den die Personenbeschreibung zutraf, bis auf eine Kleinigkeit: Der Verdächtige trug keinen rötlichen Igelhaarschnitt, sondern war pechschwarz und in Begleitung eines Mädchens mit dunklen Augen und orangeroter Punkerfrisur. Das Pärchen sollte an diesem Nachmittag festgenommen werden.

Maaß war sich nicht sicher, ob den Rostockern der richtige Fisch ins Netz gehen würde. Er wollte sich erst mal selbst ein Bild machen, ehe er die Eltern benachrichtigte, und machte sich allein auf den Weg.

Die Sache eilte. Der Kommissar raste mit Blaulicht über die Autobahn und war pünktlich am Treffpunkt.

Auf dem Parkplatz gegenüber dem Portal des Städtischen Friedhofs warteten zwei Kollegen aus der Hansestadt. Sie erzählten, dass sich auf dem Gottesacker eine vielköpfige Trauergemeinde versammelt habe, um an der Beerdigung eines jungen Mannes teilzunehmen, der aus der kriminellen Szene stammte und auf mysteriöse Weise zu Tode gekommen war. Kein Wunder, dass ihm auch fragwürdige Gestalten das letzte Geleit geben wollten, kleine Ganoven, schwere Jungs. Und unter all diesem Gelichter befände sich höchstwahrscheinlich der Vermisste aus Niegenburg.

Der Kommissar misstraute den Ausführungen. Er glaubte nicht an eine Verschleppung des Jungen mit dem Igelhaarschnitt, sollte aber plötzlich eines Besseren belehrt werden.

Sein Handy fiepte. »Ja, hier Maaß.«

»Sie haben ihn«, flüsterte eine Stimme. »Nein, nicht unsere Kollegen, sondern die Gauner. Sie müssen jeden Augenblick am Tor sein.«

Und dann sah er sie schon. Zwei finstere Gestalten, die einen Jungen und ein Mädchen gepackt hielten und mit dem Colt bedrohten.

Kidnapping am helllichten Tag.

Alarmstufe eins.

Es war Freitagnachmittag, Rushhour, ein Auto folgte dem andern. Die Kidnapper kamen nicht ohne weiteres über die Straße. Mit ihren Geiseln versuchen sie sich einen Weg zwischen den anrasenden Fahrzeugen zu bahnen und nehmen gar nicht wahr, dass sie auf der anderen Straßenseite erwartet werden.

Einer von den Verbrechern ballert in die Luft, um die Autofahrer zu warnen. Der Mann hat einen Augenblick lang die Waffe nicht an den Körper des Jungen pressen können, da geschieht es.

Der Junge brüllt in seiner Verzweiflung: »Scheiße!« und wirft sich mitten auf die Straße. Das Mädchen folgt seinem Beispiel, es schreit wie am Spieß.

Kreischende Bremsen, quietschende Reifen. Autos stoppen ruckartig, wippen in den Federn.

Die Verbrecher bücken sich und versuchen ihre Oper wie Kartoffelsäcke über das Pflaster zu schleifen. Da werden sie schon von Maaß und seinen Kollegen überwältigt, ohne dass ein weiterer Schuss gefallen ist.

Die Handschellen schnappen zu.

»Abführen!«

Maaß mustert den Jungen und das Mädchen eindringlich. Er denkt, das sind noch Kinder, sie sehen käsig aus, übernächtigt, verängstigt.

»Du bist Dilan?«, fragt der Kommissar.

Das Mädchen nickt.

»Und wer ist dieser schwarzhaarige, gegelte Typ?«

»Das ist Raoul Habenicht.«

»Ich muss das überprüfen«, sagt der Kommissar. »Und damit ihr mir nicht wieder entwischt, werde ich euch erst einmal auf Nummer sicher bringen lassen. Abführen!«

Der Familienrat

»Wir reden später«, hatte der Kommissar gesagt. »Leg dir schon mal zurecht, was du mir erzählen musst.«

Raoul Habenicht hockte auf der Pritsche seiner Gefängniszelle und grübelte:

Es ist Ende September und ich sitze im Knast, weil ich ein bisschen kriminell geworden bin, aber am Anfang der Ferien bin ich noch ein Held gewesen. Ich hatte gekämpft und Dilan vor den Skins gerettet, aus Liebe, und ich dachte, nun müsste meine Familie auch die von Dilan sein, weil sie ja keine hat. Aber es stellte sich heraus, dass darüber erst Rat gehalten werden sollte. Das war für mich schon wieder ein Kampf.

Mein Großvater, Doktor Parisius, sagte: »Ich habe vor, einen Rechtsanwalt zu engagieren, damit er diesem kleinen kurdischen Mädchen vor Gericht wenigstens so lange eine Aufenthaltsgenehmigung erkämpft, bis es mit der Schule fertig geworden ist.«

Ich nickte heftig und sagte: »Sie ist ein Jahr jünger als ich, aber ich bin einmal sitzen geblieben wegen der Ereignisse nach Mutters Scheidung, also gleicht es sich aus und wir könnten in eine Klasse gehen.«

Dilan stimmte mir zu und meine Großmutter Habenicht lächelte gerührt.

Die andere Oma sprach säuerlich zu ihrem Mann: »Bist du sicher, dass die Gerichtskosten von deiner Rechtsschutzversicherung übernommen werden? Schließlich bist du es ja nicht, dem die Abschiebung droht.«

Der Einwand deprimierte mich. Es geht um Dilans Schicksal, also auch um meines, und die redet über Geld und Versicherungen. »Der Fall ist glasklar«, rief ich aufgebracht. »Dilan wird gejagt, das ist ungerecht.«

Mein Großvater Parisius antwortete mit einem merkwürdigen Satz: »Recht und Gerechtigkeit sind zweierlei.«

Das wollte mir nicht in den Kopf, obwohl ich ihn mehrmals schüttelte.

•

Parisiussens äußerten also Bedenken. Aber Big Woldi, der neue Mann meiner Mutter, könnte ja für Dilan die Vormundschaft beantragen.

Als ich die Rede darauf brachte, hob meine Mutter die Hände. Wir hätten eine Dreiraumwohnung, also nur ein Kinderzimmer für ein Mädchen und einen Jungen zusammen, beide in der Pubertät? Sie machte ein Fragezeichen hinter diesem Satz und seufzte. Da konnte ich nur höhnisch grinsen. Von Pubertät versteh ich mehr als sie, weil ich sie gerade am Halse habe mit Stimmbruch und all diesen komischen Sachen. Faktisch bin ich ein Mann, und das fühle ich manchmal in der Nacht. Verstehe, Dilan soll ihre Liege nicht neben meine rücken.

»Gut, Mama«, sagte ich, »ich nehm das Sofa im Wohnzimmer.«

Ich wüsste doch, widersprach meine Mutter, dass Woldemar bis nach Mitternacht vor der Glotze hocke.

Sie wollte nicht begreifen, dass Dilan und ich zusammengehören, und meinte, vielleicht könne die Kirche das Mädchen unter ihre Fittiche nehmen? Er gäbe doch Heime und so weiter.

Ich fühlte mich verraten und verkauft und drehte mich im Kreis, um jeden Einzelnen aus meiner Familie mit funkelnden Augen ins Visier zu nehmen.

»Auch ihr wollt Dilan abschieben, wie die Behörden.«

»Unsinn«, sagte mein Großvater, »aber wir müssen Ordnung in ihr Leben bringen und zunächst die Identität von Dilan feststellen lassen.«

Sie hat keine Papiere, das ist wahr. Sie hatte damals in Hamburg, als sie die Fliege machen musste, den Ring mit dem haselnussgroßen Edelstein eingesteckt, weil er kostbar ist und ein Familienstück. Sie hatte das Kopftuch mit den goldenen Münzen an der Stirnborte mitgenommen, weil es sie an ihre Mutter erinnert. Sie hatte ein paar Hemden und Schlüpfer eingepackt, weil man das für die Hygiene braucht, aber alles andere vergessen und verloren. Das kann passieren, wenn man sich als Kind alleine durchschlagen muss.

Ich brauche keine Papiere zu begutachten, weil ich Dilan kenne wie mich selbst. Wenn sie mich anlächelt und ihr die goldenen Fünkchen in die Augen steigen, so ähnlich wie die Perlen im Selterswasserglas, kann ich bis auf den Grund ihrer Seele sehen. Da ist nichts Trübes oder Dunkles, sondern alles ist kristallklar. Ich weiß, dass sie die Enkeltochter eines Agas ist, also beinahe eine Prinzessin. Wir haben unsere geheimsten Gedanken ausgetauscht und manchmal sogar kleine Küsse. Wir haben nackt am Ufer des Sees gesessen und einmal, als es nachts sehr kalt war, sind wir in ein und denselben Schlafsack gekrochen. Seit damals kenne ich ihre Identität genau und ich liebe Dilan.

Wir beide standen mitten im Kreis, umstellt von meiner verständnislosen Verwandtschaft, und in der Verzweiflung umarmten wir uns unheimlich lange und genauso trotzig, wie ich das auf einem überfüllten Bahnsteig beobachtet habe, als sich ein Pärchen umschlungen hielt, um den Verkehrsstrom zu teilen und die eiligen Leute zu ärgern. Sie stellten sich gegen alle.

Wir wollten uns so lange festhalten, bis einer aus dem Kreis das erlösende Wort sprechen würde.

Die Großen räusperten sich nur verlegen, als säße ihnen allen ein Frosch im Halse.

Schließlich machte meine Großmutter Habenicht einen Vorschlag zur Güte: »Noch sind die Ferien nicht zu Ende. Ihr könnt bei mir in Pälitzhof wohnen, bis die Sache mit der Aufenthaltsgenehmigung entschieden ist.«

Hurra! Wir fuhren auseinander und brüllten vor Begeisterung. »Auf nach Pälitzhof!«

Die schönste Frau der Welt

Cindy Crawford ist lang, dünn und flachbrüstig und macht eine Menge Knete mit Fernsehwerbung für Sahnequark und solche Sachen. Sie soll die schönste Frau der Welt sein, hat aber eine Warze auf der Oberlippe. Und neben Dilans Bild wird sie klein und hässlich, sie schrumpft und verschwindet schließlich wie eine blasse Feder, die man vom Handteller bläst.

Selbst wenn Dilan nicht bei mir ist, steht sie mir greifbar vor dem inneren Auge. Ich sehe sie dreidimensional, also mit allen Erhebungen und immer in Farbe. Sie ist mir das Liebste im Leben. Das Zweitliebste ist meine Großmutter Habenicht. Ich habe für sie ein Plakat gemalt, zwanzig mal zwanzig Zentimeter, und mit roter Tinte wie mit Herzblut darauf geschrieben: *1. Preis für die beste Großmutter der Welt!*

Meine Oma hat sich unheimlich darüber gefreut und trotzdem nicht gestattet, dass Dilan und ich im selben Zimmer übernachten, obwohl wir uns so viel zu erzählen haben. Dilan muss neben der alten Frau im Ehebett liegen und hat mir verraten, dass sie manchmal kein Auge zumachen kann, weil es in der Kammer so laut ist, wenn meine Großmutter schnarcht.

Ich wurde wie als kleines Kind in den Verschlag unter der Dachschräge verwiesen, wo ich vor Sehnsucht schlecht schlafen konnte und so lange durch die Dachluke in den Nachthimmel starrte, bis mich die Müdigkeit übermannte oder der Kater Moritz über die Dachziegel geschlichen kam und seine Augen vor dem Fenster so hell aufleuchten ließ, dass ich nicht unterscheiden konnte, ist das ein Doppelgestirn am Firmament oder bloß eine Katze.

Ich öffnete dann das Fenster, um mich zu überzeugen. Die Sterne musste ich am Firmament lassen, wenn es aber Moritz war, ließ ich ihn ein. Ich hätte gerne ein Wort mit ihm geredet, musste mich aber damit zufrieden geben, dass er sich schnurrend zu meinen Füßen im Bett einrollte.

Natürlich freut man sich über jede Gesellschaft, hat aber keine starken Gefühle. Die Seele sitzt ja nicht in den Füßen, sondern ganz woanders.

Nachts machte ich mir Sorgen.

Ich hatte hinter der Küchentür gestanden und gehört, was Doktor Parisius meiner Oma anvertraute. Sie ist ein bisschen schwerhörig und er schrie so laut, dass man es im ganzen Haus hörte: Die Gesetzeslage wäre in Dilans Fall nicht eindeutig und die Behörde gnadenlos.

Man hat ja im Fernsehen oft genug gesehen, wie hart die Polizei vorgeht, sobald jemand bei einer Kurdendemo die falsche Fahne hochhält. Gleich wird zugeschlagen und mit Abschiebung gedroht.

Ich hatte Angst um Dilan. Ihre Mutter war tot und in der Türkei lebte kein Mensch, der sie lieb hatte. Ihr Vater war längst wieder verheiratet und Dilans Stiefschwestern standen seinem Herzen näher. Womöglich würde sie wie das Aschenputtel am Herd schlafen und sich tagsüber herumkommandieren lassen müssen.

Nachts hatte ich also Probleme, aber am Morgen vergaß ich sie. Ich dachte, noch sind Ferien und so lange könnten Dilan und ich zusammenbleiben, und mein Großvater, Doktor Parisius, hat Zeit mit der Behörde zu reden.

Die Beamten müssten doch dankbar sein, wenn eine Persönlichkeit anklopft, die zu den Besserverdienenden gehört, und dem Staat erklärt, dass der sich wegen Dilan nicht aufregen muss, weil er als Großvater höchstpersönlich die Kosten und auch die Verantwortung übernehmen will. Doktor Parisius ist übrigens ein Duzfreund des Ministerpräsidenten von Mecklenburg-Vorpommern, sie sind Mitglieder in ein und derselben Partei. Er hat also Beziehungen und deshalb will ich gar nicht daran denken, dass es schief gehen könnte.

»Es ist Sommer, Dilan, keine Wolke am Himmel, schon am Vormittag unheimlich warm, Badewetter.«

Wir bedankten uns bei Großmutter Habenicht mit einem schmatzenden Kuss für das Frühstück, dann holten wir das Angelzeug aus der Gerätekammer und liefen hinunter zum Pälitzsee. Ich hatte den Schlüssel zum Bootsschuppen. Wir sprangen in den Kahn und ruderten weit hinaus bis zu der kleinen Insel hin, wo wir ganz für uns alleine waren und kein Mensch uns finden konnte. Unsere Insel verbarg sich nämlich in einer der vielen

Buchten des Sees hinter einer Wand von Schilf. Nur ein schmaler, flacher Graben trennte sie vom Ufer und auf der schwankenden Boje warnte ein Seezeichen: *Durchfahrt verboten!*

Wir liefen splitternackt herum wie Adam und Eva im Garten Eden, badeten, ruhten uns aus und quatschten miteinander, ehe wir uns wieder ins Wasser warfen.

Einmal habe ich Dilan erzählt, wie mein Großvater Doktor Parisius ein todsicheres Versteck gebaut hatte. Damals war Krieg, und mein Großvater ist so alt gewesen, wie ich heute bin, fast vierzehn Jahre. Er hat nichts dafür gekonnt, dass Deutschland über halb Europa hergefallen war und zur Strafe den Zweiten Weltkrieg verlieren musste. Viele Deutsche wurden vom schlechten Gewissen geplagt, weil schreckliche Gräuel vorgekommen waren, und sie fürchteten, die Sieger würden es ihnen heimzahlen.

Jedenfalls war in Mecklenburg die Angst vor den Russen groß, und mein kleiner Großvater sagte zu seinen zittrigen Eltern und Tanten: »Fürchtet euch nicht, ich baue mitten im Wald ein Versteck für euch alle.«

Tatsächlich hat er ein riesengroßes Loch gegraben, zweimal zweieinhalb Meter im Quadrat und beinahe zwei Meter tief, hat die Grube mit Stämmen abgedeckt, Dreck und Vorjahreslaub darüber geworfen und das Schlupfloch so gut getarnt, dass die Russen gar nicht auf den Gedanken kommen konnten, es hocke eine verängstigte deutsche Familie darunter. Sie sind beim Einmarsch ahnungslos daran vorbeigelatscht.

Als ich das vom Krieg erzählte, fiel uns ein, dass auch

wir beide ein Versteck gebrauchen konnten. Dilan und ich hatten nämlich Angst, dass mitten im Frieden die Häscher kämen. Wir spannen ein bisschen herum.

Ich sagte: »Für dich und mich genügt als Zuflucht eine Hütte. Wir decken sie mit Schilf ab. Aber eine kleine Grube sollten wir trotzdem ausheben, um für den Ernstfall ein Lebensmitteldepot anzulegen, ein paar Dosen Cola müssten dabei sein, Konserven, Brot gibt es auch schon in der Büchse. Großmutter Habenicht schenkt uns ein paar Möhren und Kartoffeln, und einen Schweineschinken müssen wir uns vorübergehend aus der Speisekammer leihen. Wir hängen ihn unter das Dach, damit er an der Luft trocknen kann.«

Leider verbietet der Islam den Genuss von Schweinefleisch. Wir hatten einen kleinen Konflikt in Glaubensfragen und redeten ein Weilchen hin und her.

Ich sagte zu Dilan: »In der Not frisst der Teufel Fliegen. Wenn wir tatsächlich verfolgt werden und uns verstecken müssen, und wenn wir schlappmachen, weil wir Fliegen aus Ekel nicht hinunterkriegen, dann musst du dich auf einen Kompromiss einlassen und auf eine Scheibe Schinken zurückgreifen. Denn wenn du nichts essen kannst, will ich auch nichts essen und wir müssen beide hungers sterben. Du bist ein Mädchen, ich bin ein Junge, du bist kurdisch, ich bin deutsch, wenn wir zusammenbleiben wollen, müssen wir uns entgegenkommen. Vielleicht werde ich aus Liebe zu dir ein Muselmann, oder du wirst meinetwegen eine Christin. Wir können ja das Los entscheiden lassen.«

Dilan lachte. »Das hat ja noch ein bisschen Zeit.«

Schlägerei im Gymnasium

In Deutschland müssen die Schulkinder unter den vielen dämlichen Leuten leiden, die jedes Jahr die Völkerwanderung wiederholen, also unbedingt über die Alpen wollen und mit ihren Campingwagen die Autobahnen nach dem Süden verstopfen. Deshalb werden die großen Ferien gestaffelt.

In Meckpomm fing das neue Schuljahr mitten im Sommer wieder an.

Doktor Parisius hatte sich tatsächlich an den Landrat herangemacht und eine vorläufige Aufenthaltsgenehmigung für Dilan erwirkt. Um der Bürokratie ein Schnippchen zu schlagen, dachten sich die beiden alten Männer etwas Schlaues aus, sie sprachen mit der Freifrau Elisabeth von Felseneck. Das ist eine stark geschminkte dicke Dame im Lodenkostüm, die das Schlossgymnasium Sophie Charlotte in Hohenzedlitz leitet.

Sophie Charlotte war eine mecklenburgische Prinzessin, die es bis zur Königin von England gebracht hat. Die nach ihr benannte Schule ist privat, im Gegensatz zu andern, die bloß eine Nummer oder einen bürgerlichen Namen haben wie Fritz Reuter beispielsweise. Was privat ist, kann gesponsert werden. Geld macht alles möglich.

Außerdem bin ich in Meckpomm nach dem Sieg über die Skins durch die Schlagzeilen so prominent geworden wie Bill Gates in Amerika. Das hat den Deal erleichtert.

Dilan und ich durften gemeinsam in die Siebente. Wir wohnten bei meiner Großmutter Habenicht in Pälitzhof und bestiegen Ende Juli bei starker Hitze zum ersten Mal den Bus, der uns zum Schlossgymnasium Sophie Charlotte brachte.

Meistens hat es was Beklemmendes, wenn man auf eine andere Schule muss. Man kennt das Haus nicht, man kennt den Geruch noch nicht, man kennt die Lehrer nicht, sondern ist ein Fremder und kommt sich blöd vor, sobald man seinen Namen nennen muss.

»Ich heiße Habenicht.« Jedes Mal Gegröle.

Diesmal war es anders. Wir kamen zu zweit, und wir kamen ein bisschen zu spät in die Klasse, weil wir bei Freifrau von Felseneck noch Sprüche anhören mussten wegen der Probezeit und wegen der Papiere, von denen Dilan zu wenige hat. Es ist komisch, obwohl einen die Leute deutlich vor sich sehen, muss man mit einer Urkunde beweisen, dass man von seiner Mutter geboren wurde und nicht etwa als Vulkanier aus einem Ei gekrochen ist.

Unsere Klassenleiterin hieß Jutta Miefeld, die war bestimmt schon vierzig Jahre alt, trug aber ziemlich kurze Röcke. Sie hatte leuchtend rotgoldene Haare, gekräuselt wie bei einem Rauschgoldengel, der gerade aus der Dusche kommt. Frau Miefeld war sehr sympathisch und lächelte so stark, als wäre sie stolz auf ihre Neuzugänge. Sie sagte, dass wir uns vorstellen sollten.

Es wurde mucksmäuschenstill im Zimmer, kein Geraune, kein blödes Gegrinse, sondern blankes Staunen. Da wusste ich, dass wir einen umwerfenden Eindruck auf die Klasse machten.

Kein Wunder, ich hatte mir für die Einschulung ins Schlossgymnasium nagelneue Markenjeans erbettelt und war in ein frisch gewaschenes blaues T-Shirt gekrochen, das bestens zu meinem roten Igelhaarschnitt passte, und Dilan sah megastark aus. Meine Großmutter Parisius hatte ihr ein rotes Kleid mit weißen Punkten und einem breiten weißen Kragen gekauft. Es schmückte sie wie eine Prinzessin. Aber das Schönste bleibt ihr Gesicht mit den dunklen Funkelaugen. Außerdem trug sie eine knallrote Schleife im Haar, das schwarz war wie Ebenholz und so lang, dass es sich über den Ohren kringelte.

Die Jungen starrten an Dilan rauf und runter und machten Stauneaugen, dann klopften sie mit den Handknöcheln auf die Tische.

Da wurde den anderen Mädchen klar, dass keines von ihnen den Spiegeltest aus Schneewittchen zu machen brauchte: Wer ist die Schönste im ganzen Land? Die Jungen hatten entschieden. Darüber freute sich Dilan und verneigte sich lächelnd.

Nun ergriff ich das Wort.

»Ich bin Raoul Habenicht« – kurze Pause, blitzschneller Blick über die Köpfe hinweg. Niemand grinste über meinen blöden Namen. Ich sagte: »Wahrscheinlich kennt ihr mich alle. Mein Bild war in jeder Zeitung zu sehen. Schlagzeile: *Blutbad verhindert! Dreizehnjähriger rettet Asylbewerberin vor den Skins.*«

Dann stellte sich Dilan vor.

Sie sagte: »Ich stamme aus Kurdistan, aber im Augenblick kann ich dort nicht leben. Mein Volk wird unterdrückt.«

Sie malte die Grenzlinien der Türkei, Syriens, des Irak und des Iran auf die Tafel und kreiste ein, wo die dreißig Millionen Kurden leben. Sie dürfen nicht einmal ihre eigene Sprache sprechen.

Dilan sagte: »Ich bin kurdisch, aber ich kann ganz gut Deutsch.«

Und weil sie das beweisen wollte, trug sie unerschrocken den Osterspaziergang von Johann Wolfgang von Goethe vor. *Vom Eise befreit* und so weiter und so weiter.

Frau Miefeld schüttelte vor Begeisterung ihre Rauschgoldfrisur. Die Jungen applaudierten heftig, aber einige Mädchen ließen die Mundwinkel hängen und grinsten sich hämisch an.

In den Pausen waren wir umringt. Die Mädchen rannten mir nach und meinten, dass sie Dilan bei mir ausstechen könnten, weil sie keine Asylanten waren und teure Klamotten trugen. Manche hatten schon gefärbte Haare und lackierte Fingernägel. Sie boten mir jede Menge Kaugummis an, einige wollten sogar das Frühstücksbrot mit mir teilen und klappten die Schnitten auf: Schinken, Käse, Salami. Ich hatte eine große Auswahl.

Die Jungen hängten sich an Dilan, sie machten Faxen und erzählten die blödesten Witze, um sie zum Lachen zu bringen. Mir als Sitzenbleiber kam das Getue ziemlich zurückgeblieben vor.

Weil Dilan und ich zusammenhielten, musste uns die Klasse geschlossen folgen. Wir waren im Pulk, wir waren der Mittelpunkt und für einige Tage fühlte ich mich wie Raoul im Glück. Aber dann kam der Hammer!

Ich dachte, einer schlägt mir die Faust in den Bauch, als ich Kalbsauge auf dem Schulhof entdeckte. Er lächelte unangenehm.

Der Junge ist mindestens ein Meter achtzig groß, ziemlich verfettet, hat wasserhelle Glotzaugen und trägt keine Glatze mehr, sondern hat sich die blonden Haare wie einen blanken Helm auf den Kopf geklatscht.

Kalbsauge ist der Sohn von Doktor Detlev Fleischhacker. Dieser Mann arbeitet als Ressortchef bei der *Mecklenburgischen Rundschau,* und natürlich ist es ihm peinlich gewesen, dass sich sein Sohn damals als Skin in den hauseigenen Schlagzeilen verfing.

Kalbsauge wurde gezwungen sich die Haare wachsen zu lassen und der Vater brachte ihn in eine neue, feine Umgebung, nämlich auf das Schlossgymnasium Sophie Charlotte.

Früher, als die Königin Luise noch lebte und sich mit Napoleon herumzankte, soll das Haus für den Nachwuchs der Hofbeamten eingerichtet worden sein, für den Adel, für die mecklenburgische Elite.

Heute kann jeder rein, wenn die Eltern Knete haben, auch so ein dämlicher Schüler wie Malte Fleischhacker. Das ist die Demokratie.

Das Teuerste an der Eliteschule ist das Internat, in dem Malte wohnt. Ich bin mal durchgegangen. Helle Wohnräume, Jungen und Mädchen leider getrennt, weiß gekachelte Duschzellen und Toiletten, die so neu sind, dass sie gar nicht mal übel riechen.

Ich seh also Kalbsauge wieder, den Blödmann, meinen Todfeind, der das Asylantenheim überfallen hatte, und Dilan sieht ihn auch. Sie schmiegt sich an mich und bebt wie eine kleine Zitterpappel.

Er kommt auf uns zugestampft, so strotzend vor Kraft und Angeberei, dass er wie eine Dampfwalze wirkt, die alles platt machen kann.

Malte ist schon zweimal sitzen geblieben und einen Kopf größer als sein Klassendurchschnitt. Ich schätze mal, er ist ein Kind von neunzig Kilo mit Stoppelkinn und vielen Pickeln, und deshalb spielt er sich als Führer seiner Mannschaft auf.

Er kommt auf uns zugelatscht, beinahe in Zeitlupe, wie man das manchmal im Albtraum erlebt, wenn man davonwill und einfach nicht von der Stelle kommt. Und hinter ihm wälzt sich langsam eine Truppe näher. Vielleicht haben die Jungen mal einen Film über die SS gesehen, sie klemmen die Daumen hinter den Gürtel.

Die Mädchen wollten mich gerade noch anmachen, jetzt quietschen sie erschreckt und verziehen sich mit ihren Salamischnitten. Und den Jungen vergeht das Witzemachen. Sie treten hastig den Rückzug an. Ich kann ihnen Dilan gerade noch zuschubsen.

Dann stehen wir uns gegenüber, Kalbsauge und ich, Goliath und David, der Kleine ohne Schleuder. Was soll er dem Riesen an die Birne knallen?

Ich denke, der hat keine Glatze mehr und Doktor Detlev Fleischhacker von der *Mecklenburgischen Rundschau* kann es nicht recht sein, wenn Malte wieder in die Schlagzeilen gerät. Der Junge wird sich hüten. Mag ja auch sein, er hat sich gewandelt. Ich werde es mal testen.

Also sag ich, ein bisschen heiser: »Malte, hallo!«, und probiere ein dürftiges Lächeln.

Er mustert mich ein Weilchen verächtlich. Erst macht er den Mund wie zum Küssen rund und schlürft ein bisschen Luft, dann bläst er die Backen auf und spuckt mir, unter dem Gegröle seiner Fans, eine Auster vor die Füße. Zum Glück kann ich noch einen halben Schritt zurückspringen.

Ich denke, ein Blödmann bleibt ein Blödmann, ein Skin bleibt ein Skin, und spei einen ordentlichen Fladen zurück.

Vielleicht wäre es bei einem Speichelduell geblieben, aber leider hatte Malte seiner Leibwache einen Wink gegeben.

Da stürzten sich zwei Kerle auf mich, den einen hab ich in den Hintern getreten, dem andren einen Kinnhaken verpasst. Der eine war der Sohn eines Zahnarztes aus Niegenburg, der andere das Kind des Grafen von Schöneiche, der ein Schloss bei Teterow zurückgekauft hat.

Beide wälzten sich genauso stöhnend im Dreck, wie man das manchmal in der Sportschau beobachten kann, wenn die Fußballspieler dem Publikum vormachen, dass sie besonders fies gefoult worden sind. Alles Theater!

Frau Mielefeld kam herangestürzt und schüttelte die Rauschgoldlocken.

»Er hat angefangen«, sagte Malte und seine Gang nickte dazu.

Ich habe bei Freifrau von Felseneck antanzen müssen und fing mir die erste Abmahnung ein.

Sie erklärte, Sophie Charlotte sei ein Eliteinstitut, Gewalt auf dem Schulhof könne nicht geduldet werden.

Von diesem Tage an galt ich bei der Schulleitung als ein Schlägertyp.

Das Paradies

Wir wurden also schon wieder bedroht und ungerecht behandelt, deshalb wollten wir Ernst machen mit dem Bau einer Fluchtburg auf unserer Liebesinsel.

Dilan und ich hatten schon das Handwerkszeug herangerudert, aber dann waren die Sommernachmittage so schön, dass wir sie genießen wollten, ehe sie vorüber waren. Wir begnügten uns damit, eine heimliche Stelle zu suchen, die schritten wir ab und kratzten mit dem Stock ein Viereck in den Sand, den Grundriss für das Depot.

Dann tobten wir im Wasser herum, ruhten uns aus, bis wir Luft hatten wieder einzutauchen, lachten und quatschten und kamen uns vor wie die ersten Menschen im Garten Eden. Die waren unheimlich glücklich, bis die verdammte Schlange auf den Apfelbaum gekrochen ist und mit ihrem hinterlistigen Gezischel alles versaut hat.

Auf unserer Insel gab es auch Schlangen, nämliche jede Menge Ringelnattern, die gottlob nicht auf die Bäume stiegen, sondern hübsch auf dem Boden blieben und das Weite suchten, wenn wir ihnen versehentlich auf den Schwanz getreten waren.

Unser kleines Eiland war das Paradies. Dilan und ich lebten nur zu unserem Vergnügen, das Getier machte, was es wollte, Gesträuch und Bäume ebenfalls. Niemals war ein Mensch mit Axt und Säge angelandet, um sich an der Natur zu vergreifen. Den Bäumen gefiel es, sie standen dicht bei dicht und reckten ihre Äste in den Himmel.

Aber selbst im Paradies können Bäume nicht ewig leben. Es kommt vor, dass der wilde Hopfen an einem von ihnen hochklettert, um ihn nach hundert Jahren zu erdrosseln, dann muss der Baum eben umfallen und liegen bleiben, bis Dilan und ich die abgestorbenen Äste finden und ein Lagerfeuer entfachen.

Später bläst der Wind die Asche ins Wasser, das nennt man, glaube ich, den natürlichen Kreislauf der Dinge.

Das Tollste war eine Buche, die im See versoffen war, wahrscheinlich schon im Mittelalter. Das schwappende Wasser hatte so lange an ihrem Wurzelbett herumgeleckt und herumgespült, bis sie eines Tages jeden Halt verlor und kopfüber in den Pälitzsee stürzte. Sie war längst ohne Rinde, Wind und Regen hatten den Stamm blank poliert, er streckte sich vom Ufer fünf Meter weit in den See und war tausendmal besser als jeder Abenteuerspielplatz in der Stadt. Wir kletterten im Geäst herum oder balancierten über den Stamm, der gegen das dicke Ende so breit war, dass wir darauf ein Sonnenbad nehmen konnten.

Wir genierten uns nicht. Wir hatten schon vor den Ferien gemeinsam in einer Badewanne Platz genommen und wussten längst, wie wir anzusehen waren, deshalb konnten wir auf Badehosen verzichten. Dilan hatte inzwischen eine Brust entwickelt, die schon ein bisschen wackelte, sobald sie hüpfte, und die Härchen unter dem Bauch waren seidig und schwarz wie Ebenholz.

Ich habe ja schon erzählt, dass ich seit der Pubertät stark gewachsen bin, jedenfalls hatten wir keine Geheimnisse voreinander und brauchten uns nicht zu verstecken, jeder konnte sich angucken, was der andere an sich hatte und was ihm selber fehlte.

Einmal, als die Sonne knallte, saßen wir rittlings auf dem Stamm. Dilan war hinter mir. Sie tunkte den Zeigefinger ins Wasser und malte irgendwas auf meinen Rücken.

Ich musste raten, was sie geschrieben oder gezeichnet hatte, ein Wort wie Liebe oder Raoul oder den Umriss eines Herzens. Ich habe ein feines Gefühl und kam meistens schnell drauf, was sie mir mitteilen wollte.

Wir hatten eine Menge Spaß, bis ich auf einmal von ihren streichelnden Fingerspitzen eine Gänsehaut bekam. Mir wurde komisch im Bauch. Ich konnte ihr auf keinen Fall länger meinen empfindlichen Rücken zukehren, sondern schwang mich herum. Dabei bemerkte ich zu meinem Ärger, dass mein Lümmel in die Höhe schnellte und kerzengerade stehen blieb.

Mir verging das Lachen, weil ich nicht gleich wusste, was ich machen sollte. Ich versuchte das Ding zu unterdrücken, es ging nicht. Deshalb stürzte ich mich in den See, und als ich wieder auftauchte, hatte ich ihn endlich klein gekriegt.

Ich blinzelte zu Dilan hoch, weil ich sehen wollte, ob sie auf mich sauer war. Sie lächelte ganz lieb. Ich brauchte ihr gar nicht zu erklären, dass ich sie mit der komischen Veränderung auf keinen Fall provozieren wollte, sondern dass sie eine Naturerscheinung beobachtet hatte.

Und der Sündenfall kann es nicht gewesen sein, sonst hätte der Herr wahrscheinlich die Äste der Bäume beiseite geschoben und mich mit Donnerstimme angeschnauzt: »Habenicht, was machst du?«

Vorsichtshalber streifte ich mir von da an eine Badehose über.

»Die Bürgschaft« von Schiller

Wegen des Badespaßes hatten wir uns eine Weile ablenken lassen. So klein unser Eiland auch war, wir hatten noch keine Zeit gefunden, es bis in den letzten Winkel zu erforschen. Das mussten wir nachholen, denn es konnte ja sein, dass sich unsere Fluchtburg an anderer Stelle noch besser errichten ließe.

Deshalb bedeckten Dilan und ich uns nicht nur mit einer Badehose, sondern auch mit einem Oberhemd. Bis zur Südspitze mussten wir uns nämlich durch undurchdringliches Dickicht schlagen und hätten uns am nackten Körper ritzen oder reißen können.

Da es nicht mal im Baumarkt eine Machete zu kaufen gab, hatte ich zwei handliche Äxte schärfen müssen. Trotzdem kamen wir nur mühsam voran und wurden außerdem von Mücken verfolgt. Ganze Schwärme dieser winzigen Vampire ließen sich auf uns nieder, um uns am Hals, an Armen und Beinen bis aufs Blut zu peinigen.

Ich hatte mich mal mit Doktor Parisius über diese Plage unterhalten. Manchmal hat der Mann einen guten Rat bei Übelkeit, Verstopfung oder Fieber. In der Mückenfrage hingegen versagte er als Mediziner. Er behauptete, im Gegensatz zum Biss eines echten Vampirs, wie er allerdings nur im Film vorkommt, wäre der Mückenstich nicht tödlich, leider aber giftig. Deshalb müsse man Ruhe bewahren, sobald eine Mücke zusteche. Bei dieser Arbeit sondere sie nämlich das Gift ab. Der Mensch müsse abwarten, bis der Mückenhinterleib zu einer johannisbeergroßen Kugel anschwillt. Bevor die platzt, macht die Mücke den Rückzieher. Sie zieht den Stachel heraus und dabei saugt sie automatisch das Gift wieder ab. In diesem Augenblick triumphiere der kaltblütige Mensch, meinte Doktor Parisius. Kein Gift im Körper bedeute keine Quaddeln und null Juckreiz, so einfach wäre das.

Dilan und ich konnten uns nicht zurückhalten, bis wir keinen Stachel mehr im Fleisch spürten. Wir haben draufgehauen, später allerdings die Haut mit den Fingernägeln ritzen müssen, als hätten wir die Krätze am Leibe.

Aus diesem Grund verbesserten wir die Ausrüstung für die nächste Expedition. Wir nahmen zwei Strohhüte mit und hängten Bienenschleier darüber, die hatten meinem Großvater Habenicht gehört, der Imker gewesen war. Wir vergaßen auch die Tabakpfeifen nicht, die man mit stinkendem Kraut stopfen kann, um die Insekten wegzuekeln.

So zogen wir verschleiert und qualmend durch das Unterholz und kamen besser voran als beim ersten Mal.

Als wir eine Lichtung überquerten, stießen wir zwischen Findlingsbrocken auf Reste einer uralten Feuerstelle. Überall lagen Knochen herum, darunter ein Unterkiefer mit ziemlich jugendlichen Zähnen. Ich musste an Robinson Crusoe denken, wie er auf Freitag und die Kannibalen getroffen war, die schon das Feuer unter dem Kessel geschürt hatten, um sich eine Mahlzeit aus Menschenfleisch zuzubereiten.

Dilan identifizierte aber die Überreste des Schädels als halben Schweinekopf und meinte, er deute auf Wasserwanderer hin, wie auch die Bierdosen, die leeren Weinflaschen und anderer Dreck, den wir später fanden.

Das alles deprimierte mich. Unsere Liebesinsel war also gar nicht so heimlich, wie sie hätte sein sollen.

Als wir die Zweige der letzten Sträucher beiseite schoben und mit der Axt in der Faust den Südstrand betraten, trafen wir auf einen halbstarken Menschen in Badehose. Der räkelte sich von einem Lagerfeuer auf, ergriff einen Knüppel, so groß wie ein Baseballschläger, und kniff die Augenlider zusammen, um uns misstrauisch zu betrachten. Vielleicht hielt er Dilan und mich mit unserer Verschleierung für eine komische Variante der Aliens, die ja nicht nur als Schleimklumpen durch die Kanalisation gekrochen kommen, sondern auch in anderer Gestalt erscheinen können. Wir hoben die Mückenschleier und gaben uns als Menschen vom heimischen Planeten zu erkennen. Dann traten wir näher und sahen, dass der Fremdling einen verrußten Topf auf dem Feuer hatte, aus dem es dampfte und unangenehm roch.

Er sagte: »Fischsuppe. Aus eigenem Fang.«

Wir machten uns bekannt. Ich hätte ihn gerne Freitag genannt, er sagte aber, dass er Andy heißt.

Wie kommt er auf die Insel?

Andy sagte: »Wenn ihr die Schnauze haltet, erzähl ich vielleicht die Geschichte.«

Er führte uns zu ein paar Holzklötzen, die in der Nähe lagen, zeigte mit einer Handbewegung, dass wir uns setzen sollten, dann nahm er den rußigen Kessel vom Feuer.

Dilan schnüffelte misstrauisch und auch ich war skeptisch wegen des unangenehmen Geruchs, der uns in die Nase stieg.

Andy meinte, wir könnten ja vorher kosten. Leider besaß er nur einen Löffel, wir tunkten ihn nacheinander ein, pusteten ordentlich und schlürften mit äußerster Vorsicht.

»Lecker«, sagte Dilan, auch ich nickte anerkennend.

Die Suppe war kräftig gesalzen und nun wusste ich auch, was so übel gerochen hatte, aber gar nicht schlecht schmeckte: Der Koch hatte mit Knoblauch nicht gespart.

»Wie kriegt es ein Junge fertig, aus Seewasser und ein paar Fischen ein so schmackhaftes Gericht zu zaubern?«

Andy sagte: »Ich schaffe noch ganz andere Sachen.«

»Welche?«

»Ich kann jedes Auto knacken.«

Dilan und ich sahen uns an. Falls wir wieder flüchten mussten, konnte die Bekanntschaft nützlich sein.

Weil unser Wirt leider nur einen Blechnapf besaß, mussten wir uns nacheinander sättigen.

Andy füllte das Gefäß: »Ladies first.« Und er senkte sogar den Kopf ein bisschen, als er Dilan den Löffel reichte. Wahrscheinlich sollte das eine Verbeugung sein.

Ich sah mir den Jungen genauer an. Er war größer als ich, vielleicht auch älter, und wahrscheinlich hatte er Polypen, denn er hielt ständig den Mund geöffnet, so als ob er über etwas staunte. Er trug mehrere Silberringe im Ohr und sein Haarschnitt war so altmodisch wie der von den

Beatles, als sie noch klein waren. Damals galten Glatzen als unmodern.

Es gefiel mir, dass sich der Junge Dilan gegenüber so höflich verhielt, deshalb war ich überrascht, als Andy erzählte, das Jugendamt hätte ihn als schwer erziehbar eingestuft und zur Besserung in das Kinderheim Besenberg gesteckt. Das wäre wunderschön gelegen, am anderen Ende des Pälitzsees.

Auch von seiner Gruppenmutter schwärmte Andy. Er nannte sie Tante Tönnchen, denn sie war klein, aber kugelrund und gemütlich wie alle dicken Weiber. Manchmal durfte er sie zum Einkauf in den Supermarkt begleiten, um den Wagen zu schieben, und kriegte ein Eis extra als Dankeschön.

Trotzdem fühlte sich Andy im Heim nicht optimal und sehnte sich nach Freiheit.

Eines Tages entdeckte er ein abgetriebenes Ruderboot im Schilf, das war noch einigermaßen seetüchtig, also ruderte er los und stieß auf unsere kleine Insel. Er verriet, dass er aus Besenberg fliehen und die Insel zu seiner Fluchtburg ausbauen wolle.

»Mensch, das wollen wir doch auch!«

Dilan, die ihre Suppe ausgelöffelt hatte, sah mich fragend an. Da fiel mir *Die Bürgschaft* von Friedrich von Schiller ein. Frau Miefeld hatte sie uns vorgelesen.

Das ist eine so genannte Ballade, spannend wie ein Krimi.

Die Geschichte handelt von einem edlen Attentäter, der einen Tyrannen umbringen will, und zwar per Dolchstoß, weil der Colt noch nicht erfunden und die Bombe unbekannt war. Diese geht sowieso leicht daneben, wie man an dem Attentat auf Adolf Hitler sehen kann.

Übrigens war der Tyrann von Friedrich von Schiller kein Nazi, sondern menschlich ansprechbar und hat mit sich reden lassen, als der Attentäter nach dem Todesurteil darum bat, die Hinrichtung um drei Tage zu verschieben, weil seine kleine Schwester heiraten wollte. Außerdem ließ der Mann als Geisel seinen besten Freund zurück, der bürgte mit seinem Kopf, dass der andere nicht kneifen würde, und er hätte diesen um ein Haar verloren.

Der Kumpel hatte nämlich bei der Rückreise von der Hochzeitsfeier Probleme mit Unwetter, Stau und so weiter. Und als er in allerletzter Minute zur Richtstätte gekeucht kam, war der Tyrann so gerührt, dass er beschloss die Gewaltherrschaft aufzugeben.

Er rief begeistert: »Ich sei, gewährt mir die Bitte, in eurem Bunde der Dritte.«

Ich erzählte also die Story von der Bürgschaft mit der netten Verbrüderung als Happy End und Andy fand sie stark.

Dann schlossen auch wir einen Bund, ritzten die Kuppen der rechten Zeigefinger mit dem Taschenmesser, ließen die Blutstropfen in einen Plastikbecher tröpfeln, füllten ihn mit Cola auf und tranken andächtig. Wir fühlten uns zu dritt als starke Opposition gegen die Tyrannei. Wir wollten nicht hinnehmen, was die Behörden in ihrer Blödheit bestimmt hatten, und vereinbarten im Dreierbund mit dem Bau einer Fluchtburg zu beginnen.

Niemandem durfte etwas davon verraten werden. Das gelobten wir mit einem Schwur.

Dilan, womöglich ein Kuckucksei

Eine Zeit lang wollte Kommissar Maaß nicht ausschließen, dass Skins den verschollenen Raoul Habenicht in ihre Gewalt gebracht hatten. Er nahm Übergriffe und Überfälle dieser Glatzköpfe sehr ernst.

Erst kürzlich hatte ein halbes Dutzend von ihnen, die sich *Arischer Widerstand* nannten, mit Eisenstangen auf zwei Vietnamesen eingeschlagen und sie lebensgefährlich verletzt. Es verbitterte den Kommissar, dass die brutalen Kerle zwar festgenommen, dann aber von der Staatsanwaltschaft auf freien Fuß gesetzt worden waren, mit Hinweis auf ihre Jugendlichkeit.

Er, Maaß, war es übrigens gewesen, der sich mit den Ereignissen auf dem Schulhof des Schlossgymnasiums Sophie Charlotte hatte befassen müssen.

Dort war es zuerst zu einem eher komischen Duell zwischen Raoul Habenicht und Malte Fleischhacker gekommen, bei dem sich erweisen sollte, wer von beiden die größten Bogen spucken konnte, also eine Alberei.

Darauf folgten leider Handgreiflichkeiten. Zwei Kinder trugen Wunden und Schrunden davon. Dem einen wurde die Faust derartig brutal auf das Auge gesetzt, dass es verquoll und sich blutig verfärbte.

Der Vater des entstellten Knaben war Otto Graf Schöneiche. Der war wegen seiner Rückführungsansprüche erst vor wenigen Jahren aus Westdeutschland zugezogen und es erboste ihn, dass ein ostdeutscher Rowdy gewagt hatte, seinem blaublütigen Sprössling ein Veilchen zu verpassen.

Der Vater des anderen Knaben, der Zahnarzt aus Niegenburg, verhielt sich vernünftig, weil er keinen Ärger mit seinem Kollegen Doktor Parisius haben wollte. Er ohrfeigte seinen Sohn wegen der Teilnahme an einer Schlägerei und reparierte dessen Gebiss eigenhändig.

Graf Schöneiche aber erstattete Anzeige und fand in Doktor Detlev Fleischhacker, Ressortchef bei der *Mecklenburgischen Rundschau,* einen Verbündeten. Den brauchte er auch, denn die Ereignisse im Schlossgymnasium eskalierten auf skandalöse Weise, und beide Herren wünschten nicht, dass ihre Sprösslinge als Täter verdächtigt wurden.

Der Kommissar hielt Malte Fleischhacker und dessen adligen Gefolgsmann für die Anstifter der gewaltsamen Auseinandersetzungen auf dem Schulhof, aber die Schuld wurde auf Raoul Habenicht und dessen kurdische Freundin geschoben.

Das hatte auch der Chef von Maaß getan, ein gewisser Kriminalrat Harald Wutzke, der aus Hamburg nach Meckpomm versetzt worden war. Man kennt diese unangenehmen Typen mit den teigigen Gesichtern aus jeder Krimiserie. Sie kriegen ihre Hinweise von ganz oben und schonen die Verdächtigen, weil gerade eine Wahl ins Haus steht oder anderes von Wichtigkeit. Sie wissen alles besser, brüllen ihre Untergebenen an und durchkreuzen nicht selten die Ermittlungen. Oft stellen sie sogar letzte Forderungen, wie das manchmal geschieht, ehe ein Staat den anderen mit Krieg überzieht: Ich lasse Ihnen noch vierundzwanzig Stunden Zeit, aber dann …

Die Gewalttätigkeiten auf dem Hof des Schlossgymnasiums hatten sich von Tag zu Tag gesteigert. Malte Fleischhacker war der Schlachtenlenker. Selten griff er persönlich ein, er sah grinsend und Kaugummi kauend zu, wie die Fetzen flogen.

Raoul Habenicht dagegen befand sich stets im Mittelpunkt des üblen Geschehens. Die Mädchen bewunderten ihn. In der Regel verging wenig Zeit, bis er stolz wie einer der drei berühmten Musketiere mit großen Schritten über seine niedergestreckten Gegner hinwegstieg, um den Beifall entgegenzunehmen, gerne auch ein Erfrischungsgetränk, das ihm die Verehrerinnen aufdrängten, Himbeer, Brombeer oder Orange. Auch hier hatte er die Auswahl.

Die Lehrerin Miefeld mit der Rauschgoldengelfrisur sorgte sich um Raoul. Sie wollte schlichten und eines Tages war sie zwischen die Fronten geraten.

Da kam es zu einem ungeheuerlichen Vorfall. Mitten im dichtesten Getümmel wurde der Pädagogin ein blinkendes Jagdmesser entgegengehalten.

Eine Stimme zischte: »Halt dich heraus, oder du wirst abgestochen wie eine Sau.«

Das geschah etwa zur gleichen Zeit, als im Sächsischen eine Studienrätin von einem fanatischen Schüler erstochen worden war, und zwar vor der ganzen Klasse, die ihrer Lehrerin nicht zu Hilfe kam.

Selbstverständlich musste die erschreckte Frau Miefeld Bericht erstatten. Sie hatte im Gedränge viele Arme gesehen, viele Fäuste, aber welche Hand hielt das Messer? Sie konnte es nicht sagen. Welche Stimme hatte sie mit Mord bedroht? Sie wusste es nicht. Übrigens wurde der Dolch später in einer Mülltonne gefunden, sorgfältig abgewischt, keine Fingerspuren.

Kommissar Maaß hatte sich also mit dem Fall beschäftigen müssen. Sein Vorgesetzter, der Kriminalrat Harald Wutzke, ordnete an, wie der Beamte vorzugehen habe.

Er sagte: »Ich sehe keine Parallelen zu dem Fall in Sachsen. Wahrscheinlich handelt es sich um eine angeberische Nachahmungsgeste. Ich bin mir mit Doktor Fleischhacker von der *Mecklenburgischen Rundschau*, aber auch mit dem Herrn Landrat einig, dass Zusammenhänge mit der rechten Szene nicht existieren. Das renommierte Schlossgymnasium Sophie Charlotte ein Hort der Neonazis? Schwachsinn!«

Zwei Schüler waren besonders auffällig geworden, Malte Fleischhacker und der junge Graf Schöneiche. Kommissar Maaß wollte Durchsuchungsbefehle erwirken.

»Lächerlich«, blaffte Rat Wutzke. »Sie können die Villa von Doktor Fleischhacker auf den Kopf stellen, ebenso Schloss Schöneiche, und ich sage Ihnen, Sie werden kein einziges Hitlerbild vorfinden, keine Hakenkreuzfahne, keine Schriften vom *Arischen Widerstand*. Ich untersage

Ihnen, unsere Behörde vor der Öffentlichkeit zu blamieren. Kümmern Sie sich lieber um dieses kurdische Mädchen, dessen Identität noch immer nicht geklärt ist. Sie provoziert die Streitigkeiten. Übrigens liegt eine Anfrage von einem Doktor Kütscheküja – einmal schnupfen, zweimal niesen – vor, offenbar ein Türke, ansässig in Hamburg. Er sucht nach Dilan D. Mal sehen, welchem Umfeld sich dieser Ausländer zuordnen lässt. Übrigens, auch Doktor Fleischhacker meint, dass man uns mit dieser Kurdin ein Kuckucksei ins Nest gelegt hat. Vielleicht spielt die verbotene Kurdische Arbeiterpartei, die uns ständig mit nicht erlaubten Fahnen reizt, eine Rolle. Jedenfalls habe ich Kontakt mit meiner ehemaligen Dienststelle in Hamburg aufgenommen. Dort wird gegen Dilan D. ermittelt werden und Sie machen sich gefälligst hier an die Arbeit. Ich will endlich Ergebnisse. Ich gebe Ihnen noch vierundzwanzig Stunden Zeit. Falls dann noch immer nichts geschehen ist, steige ich höchstpersönlich in den Ring.«

Und das hatte Kriminalrat Wutzke tatsächlich getan. Kommissar Maaß konnte nicht verhindern, dass sein Vorgesetzter, der sich auf eindeutige Gesetze berief, Dilan kurzerhand verhaften und wegsperren ließ.

Der schlimmste Tag im Leben

Schrecklich, dachte Raoul Habenicht, es war schrecklich.

Dabei hatte der Tag gar nicht mal schlecht angefangen, ausnahmsweise kein Stunk auf dem Schulhof, Kalbsauge friedlich in seiner Ecke, wir in der unseren.

Dilan und ich hatten in Deutsch eine glatte Eins und ein besonderes Lob von Frau Miefeld gefangen. Unser gemeinsamer Vortrag über *Die Bürgschaft* von Friedrich von Schiller war klasse gewesen, besonders die Schlussfolgerungen.

»Der Dichter erzählt nicht nur eine spannende Kriminalgeschichte mit schönen Wörtern, die sich reimen. Er will uns was sagen, nämlich: Wenn es ernst wird, muss sich eine Freundschaft bewähren. Und das Stärkste ist natürlich, wenn einer bereit ist, für den anderen seinen Kopf hinzuhalten, aus Freundschaft oder aus Liebe. Begreift ihr, was das heißt?«, rief ich in die Klasse. »Seinen Kopf hinhalten unter dem Galgen oder auf dem Richtblock, wenn jeden Moment das Schwert zischen kann? Wir beide würden es tun.«

Dilan und ich fassten uns wie Goethe und Schiller vor dem Theater in Weimar bei den Händen und stellten so unsere Bürgschaft dar.

Auch der Abend war schön.

Die Schwalben segelten so hoch oben, als suchten sie in den Federwölkchen nach Mücken.

Dilan und ich waren ans gegenüberliegende Ufer des Pälitzsees gerudert, weil dort noch die Sonne stand. Wir hatten die Riemen eingeholt und ließen uns von den Wellen schaukeln, aber wir verdösten die blaue Stunde nicht. Wir paukten ein bisschen und hörten uns gegenseitig französische Vokabeln ab, nicht bloß »je t'aime« und solche Sachen, auch die schweren Brocken.

Am Schlossgymnasium Sophie Charlotte hatten wir nur eine Chance, solange wir zu den leistungsstarken Schülern zählten. Deshalb halfen wir uns gegenseitig.

Dilan war ein Ass in Deutsch und bearbeitete mich, bis ich mit der *Bürgschaft* glänzen konnte. Ich trimmte sie in Mathe, so gut es ging, und wir waren längst auf dem Weg an die Klassenspitze.

Malte Fleischhacker, der viel Muskelfleisch und wenig Grips hatte, stank jedenfalls regelrecht ab. Und es sah so aus, als könnte man mit ein bisschen Verstand die Dämlichkeit besiegen.

Da kam die Polizei.

Wir hatten den Kahn zurückgerudert und schlenderten über den Steg zum Ufer hin, da traten sie hinter dem Gebüsch hervor, zwei Uniformierte und eine Frau, die war wie eine Flunder mit Bubikopf anzusehen, ebenso breit wie hoch.

Ich stand am Ausgang des Steges, packte mit der einen Hand das Geländer und krallte mich mit der anderen am

Pfosten fest. Dilan war einen Schritt hinter mir. Noch konnte ich sie schützen.

Das Herz klopfte mir bis an den Hals, aber ich gab mich cool und sagte: »Hallo!«

Kein Gruß zurück.

Die Polizisten blickten finster, aber die Flunder mit dem Bubikopf lächelte so falsch wie die Stiefmutter von Schneewittchen und flötete: »Die Kleine hinter deinem Rücken, ich wette, das ist Dilan D.«

»Ja«, sagte sie, »ich bin es.« Und sie flüsterte mir ins Ohr: »Lass los, Raoul, es hat keinen Sinn. Widerstand macht es nur schlimmer.«

Der eine der Beamten zückte einen Ausweis: Ausländerpolizei. Er bellte: »Mitkommen! Das Mädchen ist festgenommen.«

»Lass los, Raoul«, flüsterte Dilan.

Aber wozu hatte ich vor der Klasse über *Die Bürgschaft* von Schiller referiert. Ich wollte meinen Kopf für Dilan hinhalten und sagte: »Nehmt mich, in drei Tagen ist alles geklärt.«

Die Beamten lachten, die Flunder tippte sich an die winzige Stelle zwischen Bubikopf und Kulleraugen.

Da schrie ich los: »Ich bin Raoul Habenicht. Mein Bild ist in jeder Zeitung gewesen, groß und in Farbe. *Vierzehnjähriger Junge rettet Asylantin vor den Skins*. Ich habe sie aus einem brennenden Haus befreit. Ich hab sie wochenlang beschützt und ich bürge für sie, weil ich sie liebe.«

»Halt endlich die Schnauze«, sagte der eine Polizist.

Dann fielen beide über mich her und zerrten mich vom Steg weg, so wütend ich mich auch wehrte.

Die Flunder mit dem Bubikopf schnappte sich Dilan, und dann ab zum Haus.

Meine Oma stand in der Tür und protestierte: »Der Junge hat wie ein Held um das Mädchen gekämpft. Wäre ich der Bundespräsident von Deutschland, ich hätte ihn wegen seiner Zivilcourage nach Schloss Bellevue eingeladen, um ihm als erstem Kind das Bundesverdienstkreuz anzuhängen. Stattdessen fährt die grüne Minna vor.«

Ach, es hat alles nichts genutzt.

Die Flunder schob Dilan ins Haus, damit sie ein paar Sachen zusammenraffen konnte, und hat uns erlaubt, dass wir uns beim Abschied umarmen. Bei der Gelegenheit drückte mir Dilan was in die Hand.

Ich stand wie versteinert da, mit geballten Fäusten, als sie das Mädchen zum Gefängniswagen abführten und mit ihr davonfuhren.

Erst später konnte ich meine Hand, wie nach einem Krampf, wieder öffnen. Da sah ich, was ich umklammert hielt: Dilans Ring mit dem Edelstein, so groß wie eine Haselnuss. Endlich konnte ich weinen.

Meine Oma nahm mich in die Arme.

»Jungchen, du darfst nicht trauern, als wäre das Mädchen tot. Schnapp dir das Bike, mach dich auf den Weg. Vielleicht kriegst du heraus, in welchem Gefängnis Dilan steckt.«

Das habe ich versucht. Ich bin bis zur Hauptwache in Hohenzedlitz geradelt.

Die Beamten haben mich angehört und mit den Schultern gezuckt. Niemand wollte was verraten. Ich wäre nicht volljährig. Ich sollte mit meinem gesetzlichen Vertreter wiederkommen.

Großmutter Habenicht wollte mit meinem Großvater Parisius reden.

»Vergiss es«, sagte ich und schlug mit der Hand in die Luft. »Du kannst auch die Lengefelds voll vergessen, die helfen mir nicht. Die können mir alle gestohlen bleiben.«

Ich fühlte mich von allen Erwachsenen verraten und hab meiner Oma erklärt, warum ich so traurig bin.

Ich habe den Sommer gern, aber eine Sache ist doch erst richtig schön, wenn man jemanden hat, mit dem man sich darüber freuen kann.

»Freu dich mit mir, Jungchen«, rief die alte Frau.

Ich winkte ab. »Du hast den Sommer schon siebzigmal angesehen und denkst wahrscheinlich: Immer dasselbe, im Garten nimmt das Unkraut überhand, andauernd muss man gießen. Und wenn du die Zehe in den Pälitzsee tunkst, ist dir das Wasser zum Baden zu kalt. Ich werde vierzehn, für mich ist der Sommer jedes Jahr neu, aber alleine macht er mir überhaupt keinen Spaß. Neulich habe ich auf der Bruchwiese ein paar Dutzend Kraniche gesehen. Sie staksten zwei und zwei über das Gras, um sich satt zu picken, und zwischen den Riesenvögeln latschte auf Dackelbeinen eine kleine graue Gans. Das deprimierte mich. Ich dachte, dass die Gans wahrscheinlich verwitwet ist. Vielleicht hatte ein gemeiner Jäger das Weibchen zur Strecke gebracht und nun kommt sich der Ganter ziemlich blöde vor, ohne Frau und unter lauter fremden Vögeln. Ich fühl mich wie dieser einsame Ganter.«

Als sie Dilan zur grünen Minna geschleppt hatten, stellte ich mir vor, ich würde aus Kummer sterben.

Ich überlegte, ob ich mich im Pälitzsee absaufen lassen sollte, um die Regierung zu ärgern. Aber das war eine schlechte Lösung, weil ich ein guter Schwimmer bin. Außerdem hab ich am Bootssteg neulich einen ziemlich großen toten Fisch gesehen. Er trieb mit dem weißen Bauch nach oben und eine Ringelnatter von mindestens einhundertfünfzig Zentimeter Länge schlängelte sich im Wasser und versuchte von der Leiche abzubeißen. Aber die Schlange hat ja keinen Schnabel, die Natur hat ihr das Maul nur zum Verschlingen einer Beute eingerichtet. Der Fisch war zu groß, und was die Ringelnatter mit ihm veranstaltete, sah unappetitlich aus.

Ich ekele mich vor dem Wassertod.

Übrigens kann man heute schon über Internet aus dem Leben scheiden. Ich habe in einer Illustrierten von zwei deprimierten Menschen gelesen, die Hand in Hand in einen Abgrund gesprungen sind, nachdem sie sich per E-Mail verabredet hatten. Mein Computer ist zum Glück nicht ans Internet angeschlossen, deshalb war ich Gott sei Dank noch am Leben, als ich erfuhr, wie ich Dilan befreien konnte.

Wichtige Nachrichten

Nach Dilans Verhaftung war ich eine Zeit lang wie gelähmt. Niemanden ließ ich an mich heran, niemand konnte mich trösten.

Als mir Silvana Bratfisch, ein niedliches Mädchen aus meiner Klasse, ein Käsebrötchen anbot, um mich aufzuheitern, hab ich laut geschrien: »Hau ab, du hässliche Schnepfe!«

Ich schrie so laut, dass sie zusammenfuhr und mich alleine ließ.

Am Ende hatte ich mich selber in die Ecke gestellt.

Ich wohnte nach wie vor bei meiner Großmutter in Pälitzhof. Der August ging schon zu Ende, aber es war immer noch hochsommerlich warm, und ich nutzte jeden Nachmittag, um zur Liebesinsel hinüberzurudern und den schönen Tagen mit Dilan nachzutrauern.

Eines Abends hatte ich ein tolles Erlebnis und kam mit einem Riesenhunger im Bauch nach Hause zurück.

Meine Großmutter war beglückt. Sie ist nämlich der Meinung, eine wackelnde Seele käme wieder ins Gleichgewicht, wenn dem Körper nur genügend Nahrung zugeführt würde.

Sie briet Speck in der Pfanne, schlug ein paar Eier darüber und bestreute das Ganze mit reichlich Schnittlauch.

»Lass es dir schmecken, Söhnchen.«

Ich schlang und schlang, und nun wusste meine Großmutter, dass ich meine alte Fröhlichkeit zurückgewinnen würde.

»Was ist geschehen, Raoul?«

»Nichts«, sagte ich lächelnd und behielt mein Geheimnis für mich. Meine Oma betrachtete mich manchmal aus den Augenwinkeln, aber ich glaube, die alte Frau bemerkte nicht, dass ich mich kaum mit den Hausaufgaben beschäftigte, dafür aber, sooft ich konnte, zur Insel hinüberruderte und klammheimlich einiges aus ihrem Haushalt mitgehen ließ: ausrangierte Eisenpfannen und Töpfe, aber auch Tassen, Teller und dergleichen. Ich war guter Dinge und vielleicht unterließ sie es deshalb, mich zur Rede zu stellen.

Ich hab mich sogar bei Silvana Bratfisch entschuldigt und überreichte ihr als Versöhnungsgeschenk einen Augustapfel, der in Großmutters Garten schon vom Baum gefallen war.

Silvana wollte mich aus Dankbarkeit auf die Wange küssen, ich wehrte die Annäherung aber ab.

»Ich kann Dilans Küsse nicht vergessen, weißt du.«

Und das verstand die niedliche Silvana.

Was hatte mir den Frust aus der Seele geblasen?

Ich hatte, wie an anderen Tagen, auf dem Stamm der Buche gehockt, die halb im See versoffen war, und meine Angel ausgeworfen, als sich ein hölzerner Kahn dem

Schilfgürtel näherte. Andy saß auf der Ruderbank und winkte schon von weitem. Er setzte das Boot auf den Sand und sprang an Land.

»Hallo, Raoul!«

»Hallo, Andy!«

Er lächelte sehr. Und da er das wie immer mit offenem Mund tat und mit der Zungenspitze an der Oberlippe leckte, wirkte er besonders dämlich.

Ich hing meinen finsteren Gedanken nach. Ich wusste nicht, worüber ich mich freuen sollte.

»Was hast du bloß«, maulte Andy. »Ich musste mich heimlich davonstehlen, um dich rasch mal auf der Insel zu besuchen, aber du freust dich nicht, du ziehst eine Fresse.«

Ich rief: »Andy, es ist etwas Schreckliches passiert!«

Dann berichtete ich hastig, wie sie vorgefahren waren, mit einem vergitterten Gefangenenwagen, wie auf Mörderfang, zwei Uniformierte, eine Frau.

»Weiß ich«, jauchzte Andy begeistert.

»Das ist kein Grund zum Jubeln, du Arsch!«, schrie ich. »Sie haben Dilan verhaftet.«

»Weiß ich ja«, sagte Andy, »weiß ich alles.«

»Was kannst du denn wissen?«, fragte ich höhnisch und zeigte dem Jungen einen Vogel.

»Ich weiß sogar, wo Dilan ist«, meinte er, »aber wenn du mich weiter so gemein behandelst, dann sag ich es nicht, dann schieb ich den Kahn ins Wasser, dann hau ich eben wieder ab.« Er warf gekränkt den Kopf zurück und stemmte die Handflächen gegen das Boot.

Ich bin ihm in den Arm gefallen. »Um Gottes willen, bleib!«

Dann führte ich den Freund zur Seite. Wir hockten uns ins Gras und starrten einander in die Augen.

»Was weißt du, Andy?«

Der spannte mich ein wenig auf die Folter. Er kannte nicht die Zusammenhänge und wusste nicht, wie komisch der Zufall gespielt hatte. Jedenfalls war das Unglaubliche aber geschehen, und ich konnte mir später zusammenreimen, wie es dazu gekommen war.

Nachdem man Dilan lange genug verhört hatte, brauchte die Behörde eine Weile, um die Angaben zu überprüfen. Einer mitfühlenden Beamtin hatte das Mädchen Leid getan, sie wollte es nicht länger als nötig in der Zelle schmachten lassen und ordnete die vorübergehende Einweisung in eine Erziehungsanstalt an. Man suchte im Computer herum und entdeckte zufällig im Heim für Schwererziehbare in Besenberg ein freies Bett.

»Vor ein paar Tagen, stell dir mal vor«, erzählte Andy, »hat Tante Tönnchen ein Mädchen den langen dunklen Flur entlanggeführt bis in den hellen Aufenthaltsraum, wo wir anderen auf den Stühlen lümmelten. ›Das ist eure neue Hausgenossin. Sie heißt Dilan.‹ Erst dachte ich, mich tritt ein Pferd, dann hätte ich am liebsten vor lauter Freude losgebrüllt: Super! Geil!, und solche Sachen. Aber Dilan starrte mich mit magischen Augen an. Mensch, die kann mit den Wimpern wie mit Schmetterlingsflügeln schlagen. Da habe ich gewusst, dass es besser ist, wenn ich die Schnauze halte und mich fremd stelle.«

»Das war goldrichtig«, sagte ich, und weil ich Andy eine Freude machen wollte, setzte ich noch einen drauf: »Du bist ein ziemlich schlauer Junge.«

Andy strahlte. »Natürlich bin ich schlau. Ich kann bloß nicht lesen und schreiben.«

Ich war begierig mehr von Dilan zu erfahren, aber mit einem Mal wollte sich der Junge seinen eigenen Kummer von der Seele reden.

»Weißt du, als ich in die erste Klasse kam, hing meine Mutter schon an der Pulle. Sie hat oft vergessen, uns in die Schule zu schicken. Sie interessierte sich auch nicht für Hausaufgaben und solchen Scheiß. Die Lehrer hatten es schließlich satt, sich mit mir herumzuärgern. Sie schoben mich auf die Sonderschule ab, und als ich dort ankam, hatte ich den Anschluss leider schon verpasst. Aber du hast Recht, ich bin trotzdem ziemlich schlau, weil ich nämlich alles, was ich denke oder fühle, malen kann. Die Angst, weißt du, oder die Traurigkeit male ich schwarz, aber das schöne Leben und den Pälitzsee in Farbe. Ich habe sogar meine Mutter gemalt, ohne Flasche, und rundherum die Kinder. Jedes sieht anders aus, weil wir verschiedene Väter haben. Martin ist mein ältester Bruder, sein Vater war ein schwedischer Matrose, und so ähnlich sieht mein Bruder aus. Der Vater von der kleinen Miriam ist ein Afghane mit verfilzten Haaren, und so habe ich ihn gemalt. Mein Zimmer im Heim ist mit schönen Zeichnungen geschmückt. Die hab ich Dilan gezeigt, da hat sie gleich gewusst, dass ich nicht bescheuert bin.«

»Andy«, rief ich verzweifelt, »warum lässt du bei mir deinen Frust raus! Ich hab meinen eigenen Frust. Sie haben mir Dilan weggenommen. Du musst mir endlich von ihr erzählen.«

»Sie wollte dir schreiben, es war mir aber zu gefährlich, einen Brief aus dem Haus zu schleusen. Du musst mit einem Gruß zufrieden sein.«

»Bin ich ja, Andy, bin ich ja. Aber verrate mir, wie es Dilan geht. Wie sieht sie aus?«

»Schön sieht sie aus, mit ihren langen Wimpern«, schwärmte Andy. »Sie ist jetzt meine Freundin.«

Ich sprang auf und schob die Hände in die Hosentaschen, damit der andere nicht sehen konnte, dass sie zu Fäusten geballt waren. »Erklär mir das bitte mal genauer.«

»Wir sind Blutsbrüder«, sagte Andy, »wir haben Blut mit Cola getrunken. Und Dilan wusste, wie wir beide uns auch im Heim verbünden können, ohne dass Tante Tönnchen Verdacht schöpft. Dilan ist eine gute Schülerin. Sie hat einen Vorschlag gemacht, dass sie so lange mit mir üben will, bis ich die erste Klasse nachgeholt habe. Tante Tönnchen war begeistert. Nun hocken wir jeden Tag in Dilans Zimmer, üben ein bisschen Lesen und Schreiben und haben genügend Zeit, Fluchtpläne zu schmieden. Dilan will sich auf keinen Fall abschieben lassen. Sie möchte, dass du in der Nacht von Mittwoch auf Donnerstag nach Besenberg kommst. Dann ist abnehmender Mond und nicht viel Licht am Himmel, das uns verraten könnte. Ich bin der Dritte im Bunde. Ich bereite alles vor für die Flucht.«

Das Loch im Stacheldraht

Ich war unbemerkt durch die Schwanenhavel gerudert. Nun glitt mein Boot in finsterer Nacht über den Boblitzsee. Langsam, langsam näherte ich mich dem Gesträuch am Uferstreifen, hinter dem sich die Gebäude des Kinderheims für Schwererziehbare verstecken.

Kein Stern am Himmel. Kein erleuchtetes Fenster im schwärzlichen Gemäuer. Kaum ein Geräusch, nur die Ruder patschten leise, wenn ich sie ins Wasser tauchte.

Schließlich war ich am Ufer, machte das Boot fest, tappte durch feuchtes Gras bis zum Zaun und konnte den Stacheldraht erfühlen. Gottlob wusste Andy, wo ein Durchschlupf war.

Ich wartete ein Weilchen und plötzlich war mir, als pochte in der Stille mein Herz so laut, dass es mich verraten könnte.

Rasch machte ich den Käuzchenruf und schon beim zweiten Mal antwortete mir das blinkende Licht einer Taschenlampe. Dann sah ich die Schatten.

»Was ist die Losung?«

»Die Bürgschaft.«

Endlich konnte ich Dilan wieder umschlingen.

Andy half ihr ins Boot. Er schob den Kahn ins Wasser

und schlich sich davon, obwohl er im Bunde der Dritte war, denn wir hatten es ziemlich schlau eingefädelt und abgesprochen, dass Andy noch ein paar Tage im Heim bleiben sollte, um sich dumm und dämlich zu stellen und der Polizei zu sagen: »Keine Ahnung. Tut mir Leid. Ich weiß von nichts, auf Ehre.«

Wir landeten mitten in der Nacht auf der Insel. Es war so kühl, dass Dilan fror. Ich fachte ein Feuer an und machte den Eistee, den ich im Depot eingelagert hatte, im Kochgeschirr heiß, damit sich Dilan wärmen konnte. Wir waren unheimlich glücklich, weil wir endlich wieder beieinander waren.

Unsere Sehnsucht nacheinander war so groß, dass wir unter eine Decke krochen und uns aneinander kuschelten. Dann schmusten wir, bis die Naturerscheinung automatisch wieder eintrat, und ich schämte mich ein bisschen, aber Dilan fand die Sache ganz nett. Sie streichelte mich und ich streichelte sie, bis wir alle beide keuchen mussten. Ich konnte grade noch denken, vielleicht führe ich die Erscheinung bei Tageslicht noch einmal vor. Da war ich schon eingeschlafen.

Am nächsten Morgen weckte uns das Kreischen der Vögel und ich dachte mufflig an die verlogene Redensart von den gefiederten kleinen Sängern. Von wegen Gesang. Nur wenn die Nachtigall schlägt, klingt es angenehm. Sie kann verschiedene Strophen schmettern. Leider singt dieser begabte Vogel am Ende des Sommers nicht mehr, dafür schreit die restliche Vogelschar aus voller Brust, besonders morgens, wenn es noch still sein sollte. Wir krochen aus den Decken, liefen hinunter zum Strand und warfen uns in den See, tauchten und tobten und wateten endlich Hand in Hand an den Strand.

Am Strauch hingen zwei Handtücher, die ich aus Pälitzhof mitgebracht hatte. Eines davon warf ich Dilan zu. Wir rieben uns trocken, hüpften auf einem Bein und hielten den Kopf schief, um das Wasser aus den Ohrmuscheln zu schütteln. Es sah hübsch aus, als sich Dilan so bewegte.

Ich sagte: »Du warst mir entwicklungsmäßig immer voraus, aber jetzt schau mal zu mir hin.«

Sie lachte und lief mir davon, um sich anzuziehen. Ich sprang herum, klaubte trockene Äste auf und machte inzwischen Feuer für die Morgensuppe. Bald schlug sie Blasen im Kessel.

»Du wirst staunen, Dilan, es gibt heißen Vanillepudding.«

»Lecker«, sagte sie, nachdem sie den ersten Löffel probiert hatte.

Der Tag war noch frisch und wir hatten uns wieder. Trotzdem gelang es uns nicht, unbefangen draufloszuquatschen.

»Heute ist Sonnabend«, sagte Dilan mit ernster Miene.

Ich versuchte, einen Witz zu machen, und meinte: »Den ganzen Tag.«

»Morgen ist Sonntag«, fuhr sie unbeirrt fort, »dann kommt Montag, und was ist dann?«

»Dienstag.« Ich wusste nicht, worauf sie hinauswollte.

»Wann kommen sie uns auf die Schliche, Raoul? Wir haben wenig Zeit.«

Ich zählte die Tage noch einmal zurück. »Gestern war Freitag. Da hab ich meinen Rucksack geschnürt, aber meiner Großmutter in Pälitzhof mit keinem Wort verraten, dass ich durch die Schwanenhavel rudern muss, um dich heimzuholen, sondern erzählt, ich wolle das Wochenende wieder mal bei meiner Mutter und ihrem neuen dicken Mann verbringen. Gott sei Dank gibt es in Pälitzhof kein Telefon, niemand kann hin- und herquatschen, und niemandem werde ich fehlen. Wir haben heute für uns und morgen und übermorgen auch. Ich möchte immer mit dir zusammenbleiben. Ich kann nicht leben ohne dich.«

Dilan freute sich über meine Liebeserklärung nicht so, wie ich gehofft hatte.

Sie sagte: »Am Montag wird man dich im Schlossgymnasium Sophie Charlotte vermissen. Vielleicht denken sie, der Junge ist krank, leider ohne Entschuldigung. Am Dienstag wird todsicher nachgefragt, und deine Oma in Pälitzhof wird schon seit Sonntag warten.«

»Ja, Dilan. Das tut mir Leid, aber ich habe mir was ausgedacht.«

Ich erzählte ihr die Geschichte vom Jägermeister der bösen Königin. Sie befahl ihm: »Bring das Kind hinaus in den Wald. Ich will es nicht mehr vor meinen Augen sehen. Du sollst es töten und mir Lunge und Leber zum Wahrzeichen bringen.« Der Jäger hatte schon den Hirschfänger gezogen und wollte Schneewittchens unschuldiges Herz durchbohren, aber dann übermannte ihn das Mitleid, und da gerade ein Frischling herangesprungen kam, stach er diesen ab, nahm Lunge und Leber heraus und brachte sie der Königin zum Beweis.

»Das war eine menschenfreundliche Täuschung. Ich werde es so ähnlich machen, um die Häscher auf die falsche Fährte zu locken. Ich werde meinen neuen Anorak zerreißen und ein paar Klamotten am Woblitzufer verstreuen, als hätte ein Kampf stattgefunden und ich wäre entführt worden.«

»Und dann?«

»Dann gehen wir auf die große Reise.«

»Wohin?«

»Genau weiß ich das nicht. Entweder über Rostock nach oben rechts bis in den Finnischen Meerbusen oder über Hamburg per Schiff nach links weg, Frankreich, Spanien, Afrika.«

»Dort herrscht Hungersnot.«

Ich hatte Lust, wieder einen Witz zu machen, und grinste. »Wir haben den Schweineschinken, Dilan. Aber erst einmal schnappen wir uns das Angelzeug und rudern auf die entgegengesetzte Seite des Pälitzsees. Dort stehen vor dem Schilfgürtel um diese Zeit die großen Zander. Montag kommt Andy wegen der Berichterstattung auf Kurzurlaub und wir brauchen was in der Pfanne.«

Wir stießen ab.

Leider ging's auf unserem See nicht mehr so ruhig zu wie in den vergangenen Jahren, als man sich am stillen Gleiten der Segelboote erfreuen konnte. In der nahen Querlanker Bucht war eine affige Steigenburger Marina entstanden mit Anlegeplatz für Hunderttausendmark-Boote, außerdem ein Hotel- und Bungalow-Komplex mit

Sport- und Vergnügungsanlagen für Leute, die sich Luxusboote leisten konnten.

Eine dieser Jachten rauschte mit heulendem Motor vorüber. Vorn am Bug ruhte eine Dame, die sich nur mit einer dunklen Brille vor der grellen Sonne schützte. Achtern verursachte der angeberische Kahn eine Bugwelle, haushoch wie die Brandung am Atlantik, die nach rechts und links auseinander rauschte, bis sie sich klatschend im Schilf dünne machte, wo die armen Blesshühnchen ängstlich schrien.

Schon preschte das nächste Superboot mit solchem Tempo heran, dass ich nur mit Mühe ausweichen konnte. Darüber amüsierten sich die feinen Leute auf der Jacht und ich hab mich so aufgeregt, dass ich ihnen den Stinkefinger zeigte. Nein, ich bedaure nicht, dass wir die Herrschaften zur Kasse gebeten haben, als wir ein bisschen Geld für die Reise sammeln mussten.

Der erste Bruch

Am Montag kam Andy mit dem hölzernen Kahn auf Kurzbesuch.

»Ist dir jemand gefolgt?«

»Niemand kennt das Versteck des Bootes im Schilf.«

»War die Polizei im Haus?«

»Und ob.«

»Bist du befragt worden?«

»Ich habe mich dumm gestellt.«

Wir hatten uns wie die Neandertaler eine Kochstelle aus Feldsteinen zusammengefügt. Auf diesem Freiluftherd stand die eiserne Pfanne, ein mächtiges Ding, das wer weiß wie lange im Schuppen von Pälitzhof herumgelegen hatte, bis ich es eines Tages fand. Nun brutzelte ein dicker Zander darin. Dilan hatte ihn gut gewürzt und Andy leckte sich nach dem Festmahl alle Finger. Es gefiel ihm, dass die Dritte im Bunde eine so gute Köchin war. Das würde nützlich sein auf der großen Reise.

Das Einzige, was uns fehlte, war Geld. Woher nehmen, wenn nicht stehlen?

»Na, tun wir es doch«, sagte Andy.

Er hatte sich so oft wie ich über die Angeber auf den großen Jachten geärgert. Sie kamen aus Hamburg, Frankfurt am Main oder Berlin und blickten von oben herab auf die armen Ruderer aus Mecklenburg in ihren hölzernen Kähnen.

»Diese Leute haben eine Menge Knete und wir haben zu wenig davon. Man sollte für Ausgleich sorgen. Störtebeker hat es auch getan.«

Wozu lange darum herumreden oder nach Entschuldigungen suchen. Andy hat uns weich geklopft.

Dilan und ich, wir haben uns zum ersten Mal an einem Einbruch beteiligt, und zwar auf dem Gelände der Steigenburger Marina.

Wir mussten Schmiere stehen, Dilan an der einen Ecke des Gebäudes, ich an der anderen. Für den Notfall hatten wir uns auf den Ruf des Käuzchens geeinigt.

»Reine Luft, Andy.«

Er hatte einen Müllcontainer unter das Fenster an der Rückseite des Fitnessstudios geschoben und ist in die Garderobenräume eingestiegen.

Es war gerade Damentag. Die Ladies hampelten und strampelten. Sie schmissen die Beine nach dort und die Arme nach da. Aerobic heißt die Sache.

Dieser Sport funktioniert nicht ohne laute Musik. Niemand hörte was, als Andy die Scheibe eindrückte und sich durch die Öffnung zwängte. Es dauerte nur Minuten, bis der Junge vierzehn Geldbörsen an sich gebracht hatte.

Er zeigte triumphierend einen halb gefüllten Plastikbeutel vor, nachdem er zurückgekrochen war.

Wir schlugen uns in die Büsche, um die Beute zu besichtigen, und schon hatten wir Streit.

Es war nämlich ausgemacht, dass wir uns nicht wie gemeine Diebe aufführen wollten. Ein Notgroschen von hundert Mark sollte in jeder Börse bleiben. Jetzt hatte Andy keine Lust mehr, sich an die Abmachung zu halten. Er meinte, wir wären total bescheuert, und es dauerte eine Weile, bis wir ihn überstimmten und die Geldbörsen über den Zaun zurückwerfen konnten. Darauf hatte Dilan bestanden, wegen der EC-Karten und so weiter. Sie wusste, wie schlimm es für einen Menschen ist, in Deutschland ohne Papiere herumzulaufen.

Unsere Beute betrug beinahe zweitausend Mark. Trotzdem kam keine Freude auf.

Während der Kahnfahrt zur Insel zurück maulte Andy in einem fort. Ein Bruch sei ein Bruch, ein halber zähle in der Branche nicht. Es wäre hirnrissig gewesen, in jeder Börse einen Hunderter zurückzulassen, also zusammengerechnet eintausendvierhundert Mark. Nun bliebe gar nichts anderes übrig, als einen zweiten Raub zu organisieren, dann aber unter seinem Kommando.

Er war so übel gelaunt, dass es ihm Spaß machte, uns beim Abschied eine Hiobsbotschaft zu verpassen. Er sei gestern beim Verhör durch den Kriminalkommissar Maaß hereingelegt worden. Der Mann hatte ihn mit seinen Zeichenkünsten gereizt und gefragt, ob er bei der Herstellung eines Phantombildes von Dilan helfen könne.

»Phantombild?«, hatte Andy geantwortet und überheblich gelächelt. »Ich zeichne Ihnen ein hundertprozentig ähnliches Porträt.«

Das war dem Jungen in seinem Eifer tatsächlich gelungen. Er hatte Dilan in all ihrer Schönheit gemalt, in einem roten Kleid mit weißen Punkten, eine knallrote Schleife im Haar, das so schwarz war wie Ebenholz.

Jetzt konnte die Behörde einen Steckbrief aushängen.

»Ach du Scheiße! Was machen wir nun?«

»Wir sollten hier so rasch wie möglich die Kurve kratzen«, sagte Andy, als er seinen hölzernen Kahn bestieg.

Übrigens hatten wir in der Nähe des Kinderheims einen toten Briefkasten eingerichtet, und zwar im ausgefaulten Astloch eines Kastanienbaumes, in dem zurzeit keine Spechte wohnten.

»Gib mir Nachricht«, meinte Andy und sagte in seiner Verstimmung einen Satz, der wie eine Drohung klang: »Einmal werde ich noch kommen, dann komme ich nimmermehr.«

Vielleicht stammten diese merkwürdigen Worte von den Gebrüdern Grimm.

Ich wollte Andy unbedingt heiter stimmen und fragte: »Wie wäre es, wenn wir über Rostock fahren, sobald wir die Fliege machen? Du könntest deiner Mutter guten Tag sagen.«

»Das wäre schön«, meinte Andy versöhnt, »das wäre sogar sehr gut. Miriams Vater, der Afghane, arbeitet in einer indischen Frittenbude am Hafen. Er kennt eine Menge Leute, die uns helfen können, Matrosen, die unter Billigfahne fahren und sich gerne ein paar Mark zur Heuer dazuverdienen.« Er legte ab und winkte noch mal.

Es war ein ereignisreicher Tag gewesen. Wir hatten den ersten Bruch gewagt. Nun plagte uns das schlechte Gewissen. Das schlug auf die Stimmung.

Aber der Sommerabend war schön, wir saßen noch lange am Feuer und redeten hin und her.

»Warum ist Andy kriminell geworden?«

Ich sagte: »Vielleicht hängt es mit seiner Familie zusammen. Die interessiert sich noch weniger für ihn als meine für mich.«

Dilan war traurig. »Ich habe gar keine Familie, Raoul.«

Ich protestierte. »Das stimmt nicht. Deine Familie bin ich.«

Da lachte Dilan und nun stiegen wieder ein paar goldene Fünkchen in ihren Augen auf.

Ich sagte: »Weißt du noch, was uns Andy erzählt hat? Vier Kinder waren im Hause, drei Jungen, der mittlere von ihnen ist er. Und dann gibt es noch ein Mädchen, vier Jahre alt, Miriam. Der Vater stammt aus Afghanistan, das liegt noch hinter der Türkei. Vier Kinder von vier verschiedenen Vätern. Bis auf den Afghanen haben sich alle verpisst. Ich glaube, Andys Unglück begann, als das Jugendamt die Jungen ihrer Mutter weggenommen hat, aber Miriam zu Hause ließ, weil ihr Vater sie versorgte. Er hat ihr den Hintern gewischt, ihre Schlüpfer gewaschen und ihr einen Brei gekocht. Andy hat ein paar Mal gestöhnt: ›Hätte ich doch auch einen Vater aus Afghanistan.‹«

Ja, ja, Dilan erinnerte sich an Andys Erzählungen. »Alle drei Jungen wurden in dasselbe Heim gesteckt. Sie waren krank vor Heimweh und vor Eifersucht auf die kleine Miriam. Da sind sie, sooft sie konnten, aus dem Heim entwichen, um ihre Mutter in Rostock zu besuchen. Das klappte ganz gut, seit es dem Ältesten gelungen war, ein Auto zu klauen, und weil sie nicht mit leeren Händen erscheinen wollten, organisierten sie eine Sammelaktion im Supermarkt. Die Mutter lachte, als sie mit Kirschlikör kamen, die Mutter weinte, als die Polizei erschien, um die Jungen abzuführen. Die wurden schließlich in verschiedene Heime gebracht, damit sie nicht länger heimliche Trips nach Rostock verabreden konnten. Andy hat seine Mutter schon lange nicht mehr gesehen. Kann sein, er hat sich seit damals verstockt. Vielleicht kann man aus Sehnsucht ein Krimineller werden.«

Wie ist das mit mir, dachte ich, und mir wurde kalt. Ich bin ja seit heute auch ein Gesetzesbrecher, allerdings aus Liebe und aus edlen Motiven, wie der Mann mit dem Dolch im Gewande.

An diesem Abend erzählte Dilan zum ersten Mal von Onkel Kütsch, eigentlich Kütscheküja oder so ähnlich. Das ist ein entfernter Verwandter ihrer verstorbenen Mutter, der in Hamburg wohnt und irgendwie zum Clan gehört. Er hatte Dilans Mutter manchmal mit Geld versorgt, aber nach ihrem plötzlichen Tod war die Ausländerbehörde schneller gewesen als die Familienhilfe. Dilan hatte fliehen müssen, und nun saß sie also in einem Versteck auf der Liebesinsel im Pälitzsee.

»Onkel Kütsch ist ein reicher Mann, vielleicht kriegen wir von ihm so viel Reisegeld, dass wir nicht weiter klauen müssen. Das ist gar keine schlechte Idee.«

Ich sagte: »Wir reisen nach Rostock. Von dort ist es

nicht weit bis Hamburg, und in Hamburg wohnt dein Onkel Kütsch. Vielleicht weiß der, wie wir davonkommen können. Aber das braucht Andy nicht zu wissen. Morgen in aller Frühe ziehe ich los und lege eine falsche Fährte mit dem zerrissenen Anorak, dann treffe ich Andy und wir hauen ab.«

Zweimal Besuch aus Kleinasien

Zweifellos war Dilan von einem Geheimnis umgeben. Kriminalrat Wutzke, jener Mann aus Hamburg, der ein schlimmer Besserwisser war, hatte tatsächlich Kontakt zu seiner ehemaligen Dienststelle in der Hansestadt aufgenommen, um dieses Geheimnis rasch zu ergründen und zu enthüllen.

Die Sterbeurkunde der Mutter musste auf jeden Fall zu finden sein, irgendeine der Hamburger Schulen würde sich der kurdischen Schülerin erinnern, und dann ergaben sich gewiss auch Hinweise auf die Familie des Mädchens oder jener Kreise, die, aus welchen Gründen auch immer, ein Interesse daran haben könnten, das Kind vor der Öffentlichkeit zu verbergen.

Schneller als Kriminalrat Wutzkes Bemühungen hatte aber der Steckbrief mit dem sehr hübschen Phantombild Erfolg.

Eines Vormittags meldete sich bei Kommissar Maaß in der Niegenburger Dienststelle ein Mann namens Mamud Özimir in Begleitung seiner Frau, deren Gesicht von einem Kopftuch umhüllt war.

»Bitte, nehmen Sie Platz.«

Während sich die Besucher niederließen, versuchte Maaß sich ein Bild zu machen.

Der Mann war um die vierzig, athletisch von Körperbau, Türke, wie sein Name verriet, aber blauäugig. Vielleicht war er ein Nachfahre der Janitscharen, jener Elitekrieger aus den Reihen christlicher Völker, die von den türkischen Herrschern unterworfen worden waren – der Serben oder der Ungarn beispielsweise – und Menschenzoll entrichten mussten.

Der Mann trug das Haar straff zurückgekämmt und zu einem Zopf gebunden. Die Zipfel seines Oberlippenbartes ließ er rechts und links auf das Kinn hängen, genauso wie das auf alten Abbildungen zu sehen ist: die Türken vor Wien: der Sultan, umringt von verwegenen, den Krummsäbel schwingenden Gestalten, seiner Schutz- und Trutztruppe, den Janitscharen, und alle mit einem Lippenstrippenbart geschmückt.

Herr Özimir sah zum Fürchten aus.

Seine Frau hatte schöne große, schwarze Augen und einen energisch verkniffenen Mund, dessen Oberlippe ebenfalls von einem Bärtchen verziert wurde, dieses allerdings ohne Zipfel.

Die Frau sprach außer den drei Wörtern »Ich nix deutsch« keine anderen in unserer Sprache. Aber aus der Art und Weise, wie sie die Ausführungen ihres Mannes verfolgte, indem sie mit den Augen rollte oder ihren Mund verzog, konnte man schlussfolgern, dass sie vieles verstand.

Es stellte sich heraus, das Paar war wegen der Verlängerung seiner Aufenthaltsgenehmigung gekommen.

»Tut mir Leid«, meinte der Kommissar, »ich bin von der Kriminalpolizei.«

Das wussten die Besucher. Herr Özimir war Gemüsehändler, es ging ihm um ein Geschäft. Falls der Kommissar den Özimirs weiterhelfen konnte, würden diese ihm mit Informationen über ein gesuchtes Mädchen nützlich sein können.

Mit diesen Worten zog der Mann den Steckbrief aus der Tasche, entfaltete diesen und schob ihn über den Schreibtisch.

Seine Frau tippte triumphierend auf das Bild.

»Na, dann schießen Sie mal los.«

Herr Özimir meinte, er und seine Frau hätten das Mädchen monatelang beschützt und mit durchgeschleppt, bis zu jenem Tag, als das Asylantenheim von Skins überfallen worden war. Es schulde ihnen eine Menge Geld für Kost und Logis.

»Hätte das Kind denn bezahlen können?« Kommissar Maaß wunderte sich.

Die Frau des Mannes mit dem Lippenstrippenbart tippte mit der rechten auf die mit goldenen Ringen geschmückten Finger ihrer linken Hand.

Herr Özimir sagte: »Dilan besaß einen Familienring mit einem Edelstein, so groß wie eine Haselnuss. Den hatte sie mir versprochen, falls ich ihr helfen würde aus Hamburg rauszukommen.«

»Und den hätten Sie auch angenommen?«

»Als Pfand«, meinte der schlaue Händler, »als Sicherheit, bis sich jemand von der Familie gefunden hätte, der das Mädchen auslösen konnte.« Der Ring sei wertvoll, aus diesem Grunde hätten sie bei der Kriminalbehörde vorgesprochen, er und seine liebe Frau.

Die Gattin nickte lächelnd und sagte dann: »Ich nix deutsch.«

Herr Özimir erzählte umso mehr. Er hat monatelang für das Kind gesorgt und will eine Belohnung. Aus diesem Grund hat er versucht über Freunde, türkische Vereine und zahlreiche Verwandte den Vater des Mädchens in Istanbul aufzuspüren. Das ist ihm gelungen.

»Und nun halten Sie sich fest, Herr Kommissar, der leibliche Vater des Mädchens hat sich zwar von Dilans Mutter scheiden lassen und sich niemals um sein Kind gekümmert, jetzt will er es aber zurückhaben. Er wird das Erziehungsrecht beantragen. Die Behörden arbeiten langsam. Die Familienzusammenführung kann dauern, und deshalb sind meine Frau und ich als ehemalige Zieheltern Dilans eingeschaltet worden.«

Herr Özimir sprach noch einmal von dem Familienring, der wichtig sei, um die Identität des Mädchens zu bestätigen. Er bot seine Hilfe bei der Suche nach der Ausreißerin an. Dazu brauchte er aber dringend eine Verlängerung der Aufenthaltsgenehmigung.

Kommissar Maaß lehnte sich im Stuhl zurück. »Wissen Sie«, sagte er, »große Neuigkeiten habe ich von Ihnen nicht erfahren.«

Und Frau Özimir antwortete beinahe verzweifelt: »Ich nix deutsch.«

Da zog der Mann mit dem Lippenstrippenbart doch noch einen Trumpf aus dem Ärmel. »Früher, zu Zeiten des Osmanischen Großreiches, haben die Sultane ihre Feinde geköpft und deren Vermögen eingezogen. Dilans Großvater, der kurdische Aga, war ein Feind der Türken, aber sein Vermögen musste wieder freigegeben werden. Kann sein, unter seinen Ländereien schwappen Millionen Barrel Öl. Dilan ist die Erbin. Jeder, der sie findet, darf mit einer Belohnung rechnen.«

Bei diesen Worten rieb der Mann Daumen und Zeigefinger gegeneinander.

Kurze Zeit darauf erhielt Kommissar Maaß zum zweiten Mal Besuch von einem Mann, der aus Kleinasien stammte. Und zwar von Herrn Doktor Kütscheküja, seit Jahrzehnten wohnhaft in Hamburg, promovierter Maschinenbauingenieur, Besitzer eines Unternehmens, das von Bremerhaven bis Mukran Hafenanlagen mit dem notwendigen Gerät ausstattet.

Der Mann war etwa fünfzig Jahre alt, ein sportlicher Typ, salopp gekleidet, gut geschnittenes Gesicht, und nur seine schwarzen, buschigen Augenbrauen verrieten, dass sein Volk aus dem sagenhaften Land Karda stammt, aus Persien also, und Persisch war bis heute seine Sprache.

Doktor Kütscheküja drückte sich in nahezu akzentfreiem Deutsch aus. Er hatte in den siebziger Jahren an der Freien Universität in Berlin studiert und lebte mit einer deutschen Frau zusammen. Er wies sich aus und legte seine Visitenkarte vor.

Kommissar Maaß vergewisserte sich, dass sein Besucher ein seriöser Unternehmer war. Er wusste, wie man sich gegenüber einem Intellektuellen verhält, wollte auch vermeiden den zungenbrecherischen Namen seines Besuchers auszusprechen und redete ihn mit dem akademischen Titel an.

»Wie kann ich Ihnen helfen, Doktor?«

Der schob ihm den Steckbrief mit Dilans Bild über den Schreibtisch.

Komisch, dachte Maaß, zweimal Besucher aus Kleinasien und zweimal geht es um die Ausreißerin.

Er sagte: »Wir suchen Dilan.«

»Und warum?«, wollte Kütscheküja wissen.

»Dilan lebt illegal in Deutschland, jedenfalls ohne Papiere. Ihre Abschiebung ist beschlossene Sache. Zunächst sollte ihre Identität festgestellt werden. Aus diesem Grunde hatte man die Kleine festgenommen und in ein Kinderheim gesteckt. Von dort ist sie wieder entwischt«, berichtete Maaß zögernd.

Es fiel ihm schwer, vor dem Fremden zu verschweigen, dass er missbilligte, was sein Vorgesetzter in kaltem Eifer veranlasst hatte.

»Haben Sie eine Spur?«

Maaß schüttelte den Kopf, dann wollte er aber wissen, warum sich Doktor Kütscheküja für das Mädchen interessierte.

»Ich müsste ein wenig ausholen.«

»Bitte, wir haben Zeit.«

Kütscheküja erzählte.

»Beinahe alle männlichen Verwandten Dilans wurden getötet, als die türkische Armee in den Bergen Kurdistans nach Rebellen fahndete. Man glaubte, der Ort, in dem Dilans Familie lebte, sei ein Widerstandsnest kurdischer

Guerillas und hat ihn in Schutt und Asche gelegt, übrigens mithilfe deutscher Waffen. Das ist beinahe zwanzig Jahre her. Sie erinnern sich vielleicht, zur gleichen Zeit wurden auf der anderen Seite der Grenze, im Irak, die Kurden mit Giftgas niedergemacht. Sie flüchteten zu hunderttausenden in die Türkei und kamen vom Regen in die Traufe. Dilans Mutter gelang die Flucht. Sie war jung, sie war allein und verliebte sich hier in einen türkischen Mann. Der hat sie und Dilan wenige Jahre nach der Heirat im Stich gelassen. Sie war eine tapfere Frau und hat versucht sich und das Kind durchzubringen. Vor einem Jahr ist sie gestorben, gerade als ich auf einer langen Geschäftsreise im Baltikum war. Als ich zurückkam, war das Mädchen verschwunden. Nun taucht es per Steckbrief auf. Ich gehöre im weitesten Sinne zum Clan. Ich möchte mich um Dilan kümmern.«

»Das wäre ja großartig«, rief der Kommissar spontan. Dann verriet er, was der Lippenstrippenbart erzählt hatte. Dilan sei die Erbin eines großen Vermögens. »Halten Sie das für möglich?«

Kütscheküja hob die Schultern. »Der Familie haben einmal umfangreiche Ländereien gehört. Vielleicht ist die Beschlagnahme aufgehoben worden.«

Es empörte den Doktor, als er hörte, der leibliche Vater wolle Dilan nun auf einmal zurückhaben. Er knurrte: »Dieser miese Türke will sich das kurdische Erbe aneignen. Widerlich!«

Dann brachte er die Rede auf einen Ring mit einem großen Edelstein, den Dilan bei sich haben müsste. Mit ihm könne sie sich gegenüber der Familie ausweisen.

»Es gibt viele Ringe, woran erkennt man den echten?«

»An seiner Gravur. Wissen Sie, wir Kurden sind ein stolzes, kämpferisches Volk, das sich seit Jahrhunderten gegen Unterdrückung wehren musste, und kämpferisch ist auch die Inschrift des Ringes: *Widerstehe dem Schicksal!* – in persischen Lettern übrigens.«

»Sie hören sehr bald von mir«, sagte Kommissar Maaß, und dann trennten sich die Männer mit einem kräftigen Händedruck.

Der Kommissar zählt drei und drei zusammen

Kommissar Maaß saß bei Großmutter Habenicht in der Küche und hatte nichts dagegen, dass sie ihn bewirtete. Sie bereitete den Kaffee noch immer ohne Filtertüte, indem sie ihn in einer dickbauchigen Kanne überbrühte und ihm Zeit ließ sich zu setzen.

Inzwischen probierte Maaß schon mal ein Stück vom Topfkuchen, der dick mit Zucker bestreut war.

»Frisch gebacken«, sagte Frau Habenicht.

Der Kommissar lobte zuerst das Gebäck, dann erkundigte er sich lauernd: »Erwarten Sie Besuch?«

»Wieso?«, fragte die Großmutter. Sie war auf der Hut, hob den Deckel von der Kanne und rührte mit einem Löffel im Kaffee.

Der Kommissar blickte der alten Frau gerade ins Gesicht. »Sie müssen in der Nähe sein.«

»Wer?«

»Der Junge und das Mädchen.«

»Wie kommen Sie darauf?«, fragte die Großmutter.

Sie ließ sich den Schreck nicht anmerken, fühlte aber, dass sich der Pulsschlag verdoppelte. Ihr war nicht entgangen, dass der Ruderkahn nicht mehr im Bootsschuppen lag, außerdem fehlte ihr im Hause dies und das, zum

Beispiel der große Schinken, der für das Weihnachtsfest aufgespart worden war.

Sie schenkte den Kaffee ein und nun schilderte der Kommissar, was in Querlank geschehen war, ein sehr komischer Einbruch, bei dem der oder die Täter in jeder Geldbörse einhundert Mark zurückgelassen hatten. Wer kommt auf solch verrückte Gedanken?

Die traue ich dem Raoul zu, dachte Oma Habenicht, aber sie sagte nichts, sondern lächelte nur wie die Knorr-Oma aus der Fernsehwerbung.

»Noch ein Stück Kuchen?«

»Aber gern.« Kommissar Maaß bediente sich, aß mit allergrößtem Genuss und tippte am Ende mit angefeuchtetem Zeigefinger sogar die Kuchenkrümel vom Tellerrand.

Dann fragte er: »Ich hörte, Dilan besitzt einen goldenen Ring mit einem Edelstein, so groß wie eine Haselnuss. Haben Sie ihn jemals gesehen?«

Die Großmutter nickte.

»Er ist wichtig für die Ermittlung.«

»Ach.«

»Wo ist der Ring?«

»Ich verwahre ihn«, sagte die alte Frau.

»Ich muss ihn sehen«, behauptete der Kommissar.

Großmutter Habenicht erhob sich seufzend, öffnete den Küchenschrank, kramte in einem Porzellangefäß mit der Aufschrift *Zimt* und legte dann mit spitzen Fingern das Schmuckstück zwischen Kuchenteller und Zuckerbüchse auf den Tisch.

Der Kommissar sah auf den ersten Blick, dass es sich um

ein Juwel handeln musste, um ein seltenes Stück. Mein Gott, wie sagte man denn? Endlich fiel ihm der Begriff ein: »Eine Pretiose, Frau Habenicht.«

»Ja, meinen Sie? Ist der Stein wirklich echt?«

Maaß nahm den Ring in die Hand. »Jedenfalls ist er so viel wert, dass Raoul und Dilan in Zukunft nicht mehr fremde Geldbörsen plündern müssen.«

Auf der Innenseite des Ringes waren seltsame Zeichen eingraviert. Der Kommissar konnte sie nicht einmal mithilfe von Frau Habenichts Lesebrille entziffern.

»Wahrscheinlich persisch«, murmelte er und sagte dann: »Ich muss den Ring als Beweisstück an mich nehmen.«

Die Oma antwortete ärgerlich: »Das wird Raoul nicht recht sein. Mir hat er ihn anvertraut.«

»Sie kriegen ihn ja wieder«, tröstete sie der Kommissar. »Dieser Ring ist der Schlüssel zu einem Geheimnis oder ein Wahrzeichen. Wer es besitzt, gewinnt den Preis, wie im Märchen, Frau Habenicht.«

Nach einer Weile blickte er über den Rand seiner Augengläser hinweg und sagte: »Dilan ist die Erbin eines großen Vermögens, das ihr Großvater, der Aga, hinterlassen hat. Sie ist reicher als manche Prinzessin. Der leibhaftige Vater will sich das Erbe aneignen und das Mädchen in die Türkei bringen lassen, wahrscheinlich um es unverzüglich mit einem Mann aus seinem Clan zu verheiraten.«

»Eine Zwölfjährige?«, rief Oma Habenicht entsetzt. »Um Gottes willen!«

»Helfen Sie mir, dass es verhindert wird.«

Heiner muss her!

Mit seinem Besuch war es dem Kommissar gelungen, die besorgte Großmutter Habenicht in die Spur zu setzen.

Sie brachte den Gast zur Gartentür und winkte dem Auto ein Weilchen nach, dann schlurfte sie in die Küche zurück, setzte sich an den Tisch und stützte grübelnd das Kinn in die Fäuste.

Dreister Einbruch in der Steigenburger Marina. Frau Habenicht wollte nicht ausschließen, dass Raoul daran beteiligt war. Auch aus ihrem Haus hatte er schließlich einiges mitgehen lassen. Besonders über den Verlust des Schweineschinkens war sie verärgert. Wer sonst, wenn nicht Raoul, sollte ihn aus der Rauchkammer gestohlen haben? Mundraub, na schön, dennoch eine Unverschämtheit. Der Junge wusste, dass der Schinken vom letzten Schweineschlachten stammte und für das Weihnachtsfest zurückgehängt worden war.

Ein großes Stück davon sollten der älteste Sohn und dessen Familie in Rostock erhalten. Wenigstens ein Kilo für Doktor Parisius, obwohl der Mann genügend Geld scheffelte, um in einem Delikatessenladen einkaufen zu können. Er war aber Feinschmecker und behauptete, ein hausgeschlachteter Schinken aus dem mecklenburgischen Pälitzhof übertreffe einen aus dem Schwarzwald bei weitem. Dann waren noch die Lengefelds, die traditionellerweise mit ein paar Pfund bedacht werden mussten. Und auch Heiner, der jüngste Sohn und Raouls leiblicher Vater, hätte sich über ein Stück der geräucherten Schweinskeule gefreut, denn er wurde von Rosi, seiner neuen Ehefrau mit dem dicken Hintern, nicht verwöhnt. In der Familie wurde erzählt, sie koche ungern, und wenn doch, stehe sie mit einer Zigarette im Mundwinkel am Herd und rühre ihre Mehlsoßen.

Nun würden alle leer ausgehen müssen. Der Schinken war fort, das Boot war fort, das Mädchen war fort, der Junge war fort. Womöglich versteckten sich die Kinder tatsächlich in der Nähe. Wenn man nur wüsste, wo …

Raoul und Dilan müssten unbedingt von der veränderten Situation unterrichtet werden. Kein Grund mehr zur Flucht.

Selbstverständlich muss sich so ein armes Schwein von Asylant vor der Abschiebung fürchten, weil es nicht weiß, was es nach der gewaltsamen Rückkehr in der Heimat erwartet. Nicht umsonst stürzen sich manche solcher bemitleidenswerten Menschen aus dem Fenster und gehen lieber zum Teufel als zum Henker.

Was ganz anderes ist es aber, wenn eine Erbin versehentlich ins Netz gerät, wie die Kronprinzessin von Schweden oder etwas Ähnliches. Die würde man mit Samthandschuhen anfassen.

Bitte melde dich! Es gibt eine Fernsehsendung, in der Verschollene aufgefordert werden, sich zu outen, da man ihnen längst vergeben hat.

Nein, Frau Habenicht würde sich nicht an das Fernsehen wenden. Heiner musste her! Sie erinnerte sich, dass ihr jüngster Sohn, als er so alt wie Raoul gewesen war, sich tagelang mit dem Ruderboot herumgetrieben und von einer verwunschenen Insel im Pälitzsee erzählt hatte. Also kannte Heiner womöglich den Ort, an dem sich die Kinder verbargen.

Die Großmutter versorgte in aller Eile das Viehzeug in den Ställen, verschloss das Haus und stieg dann auf das Fahrrad. Sie nahm sich seltsam aus auf diesem Gefährt, denn ihr gewaltiges Hinterteil überwog den Sattel bei weitem. Es dauerte eine Weile, bis sie endlich keuchend ihr Ziel erreicht hatte. Sie lehnte das Fahrrad gegen den Zaun von Heiners Häuschen, löste das Kopftuch und wedelte sich damit Kühlung zu.

Vor die Tür trat Rosi, Frau Habenichts Schwiegertochter, Arme unter der Brust verschränkt, Zigarette im Mundwinkel.

Dieser Anblick missfiel der alten Frau.

Sie dachte: Jetzt ist sie völlig aus dem Leim gegangen, jedenfalls wirkt ihre Kleidung, als wäre sie zu heiß gewaschen und auf Kindergröße geschrumpft. Sie platzt ja aus allen Nähten.

Rosi nahm die Zigarette aus dem Mund und rief mit kratziger Stimme: »Hallo!« Wie ein Küken unter dem Flügel der Glucke schlüpfte Angela, das verwöhnte Töchterchen, unter dem Arm der Mutter hervor. Sie war mit ihren Zahnlücken wie ein Monster anzusehen, als sie breit lächelnd den Mund öffnete, um zu zischen: »Hast du mir was mitgebracht?«

Die Großmutter war in Verlegenheit. »Ich hatte gar keine Zeit, mein Kind.«

»Nicht mal Kaugummi?«, maulte Angela.

»Aber du weißt doch«, sagte Rosi, »dass deine Oma kein Geld für dich übrig hat, weil sie ihrem Raoul alles in den Rachen stopft.«

Die Großmutter wäre am liebsten auf der Stelle heimgefahren.

»Wo finde ich den Heiner?«, fragte sie verstimmt.

»Hinter dem Dorf, dort, wo es so stinkt. Er fährt Schweinegülle aus und du kannst dir nicht vorstellen, wie unangenehm der Mann riecht, wenn er nach Hause kommt.«

»Ich will nicht warten, bis er geduscht hat«, meinte Großmutter Habenicht, »also werde ich den Heiner suchen.«

»Immer der Nase nach«, rief Rosi, ehe sie die Zigarettenkippe über den Zaun warf.

Die Großmutter nahm die Spur auf. Sie fand tatsächlich ihren Sohn und rief ihm aus gebührender Entfernung zu, dass sie ihn in Pälitzhof erwarte.

Schimmel auf der Seele

Raoul Habenicht hatte die falsche Fährte gelegt und mit Dilan und Andy die Flucht gewagt.

Sie ergatterten nur mit Mühe Sitzplätze im Interregio nach Rostock, denn es war Freitagnachmittag und die Reisenden drängten sich in den Coupés. Darunter viele Arbeiter, die von den großen Baustellen in Berlin kamen, um das Wochenende mit der Familie zu feiern. Darauf tranken sie schon mal ein Bierchen nach dem anderen und warfen die leeren Dosen aus dem Fenster.

Außerdem waren Studenten unterwegs, zu erkennen an den jugendlichen Gesichtern wie an der schlampigen Kleidung. Sie waren in zu enge Jeans gezwängt, trugen klumpfüßige Turnschuhe und blätterten in Studienunterlagen.

Auf den Fensterplätzen saßen eine ganze Reihe von Vertretern oder Versicherungsagenten, die nach tagelanger Abwesenheit wieder einmal zu Hause nach dem Rechten schauen wollten. Sie waren in zerknitterte dunkle Anzüge gekleidet und mit bunten Schlipsen geschmückt. Diese Leute verhielten sich wichtigtuerisch. Auf ihren Knien ruhten Blätter mit Zahlenreihen und sie pressten die Handys an die Ohren, um ihre fernen Gesprächspartner wegen des Geratters im Zug heftig anzuschreien.

Andy saß Dilan und Raoul gegenüber, er musterte das Pärchen, das sich bei den Händen hielt und küsste. Raoul hatte der Tarnung wegen ein Piratenkopftuch umgebunden und Dilans üppiges Haar war entgegen dem Porträt, das Andy für den Kriminalkommissar gemalt hatte, straff aus der Stirn gekämmt.

Andy beobachtete mit gewissem Neid, wie die beiden miteinander schmusten. Wie immer stand ihm der Mund offen, seine Oberlippe beschrieb einen Halbkreis, sodass es aussah, als staune der Junge fortwährend oder sei nicht ganz bei Trost. Er fühlte sich aber den Kleinen, wie er die beiden abschätzig bei sich nannte, überlegen. Schließlich war er der Führer der Reisegruppe und für deren Sicherheit zuständig.

Er stieß das Pärchen mit der Schuhspitze an, um es aus der Kussseligkeit aufzuschrecken, die bekanntermaßen blind und taub machen kann.

Die beiden fuhren auf.

Sie saßen in einem Abteil am Ende des Zuges und vom Anfang her kämpfte sich der Schaffner durch die Gänge. Die Fahrt verlangsamte sich vor der Einfahrt in den nächsten Bahnhof. Es war höchste Zeit für die drei, auszusteigen, den Waggon zu wechseln und direkt hinter der Elektrolok wieder einzusteigen, um dem Schaffner, wenn er sie ertappte, möglichst glaubhaft zu versichern, sie hätten den Zug in letzter Minute erreicht und keine Zeit gehabt, am Schalter ein Billett zu lösen.

Andy übte mit Dilan und Raoul den Überlebenskampf in der Wildnis und dazu zählte für ihn auch die kostenlose Benutzung von Verkehrsmitteln.

Sie wechselten also noch einmal das Abteil und reisten die letzten Kilometer sogar erster Klasse.

Dort hatten einige Herren in dunklen Anzügen ihre Laptops in Benutzung und starrten empört auf die Eindringlinge, die sich dreist auf die freien Polster warfen.

Endlich war Rostock erreicht. Die Kinder rieben sich übermütig die Hände und suchten, nachdem sie aus dem Tunnel in die Bahnhofshalle aufgestiegen waren, nach einem Imbissstand. Ihre Reisekasse war mit der Beute gefüllt, die Andy beim Einbruch in die Steigenburger Marina an sich gebracht hatte. Er verwaltete das Geld und bestellte Bockwürstchen, die sie heißhungrig verschlangen.

Raoul leckte sich genüsslich den Senf von den Fingern. Er fragte: »Wie weiter, Andy?«

Zuerst reichte der Junge seinem Blutsbruder einen Zettel, auf dem eine Telefonnummer notiert war, dann drückte er ihm ein Handy in die Faust. »Für den Ernstfall.«

»Mensch, wo hat du das auf die Schnelle besorgt?«

»In der ersten Klasse«, sagte Andy grinsend, und jetzt war es Raoul, dem in der Verblüffung der Mund offen stehen blieb, so dass er etwas töricht wirkte.

Andy tippte auf seinem Handy herum, hielt es ans Ohr, schrie »Hallo!« und »Martin?« und dass sie soeben auf dem Bahnhof angekommen wären.

Er teilte seinen Kumpanen strahlend mit, jetzt könnten sie seinen ältesten Bruder kennen lernen. Die Geschwister hatten sich nach langer Trennungszeit endlich wieder verabreden können.

Also raus auf die Straße!

Ein stattlicher Bursche, dieser Martin, semmelblond, groß für sein Alter. Er ähnelte vom Typ dem Kriminalkommissar Maaß mit dem Pferdegesicht, war aber viel schöner als der Beamte.

Dilan fiel ein, dass Andy verraten hatte, Martin sei der Sohn eines schwedischen Matrosen, und wusste nicht, wen sie mehr bewundern sollte, diesen jungen Wikinger oder das schmucke Auto, an dem er lehnte, ein Golf neuester Bauart.

Übrigens war Martin in Gesellschaft. Er plauderte mit einem Mann, der kam Dilan irgendwie verdächtig vor. Kleiner Kerl, vierzig vielleicht, mit dickem Hintern und enger, glänzender Lederhose, rotes Gesicht und weiße, wehende Locken, offenes Hemd und gleich zwei Goldkettchen um den Hals.

Martin verabschiedete den Typ, dann hielt er Dilan galant den Wagenaufschlag auf. »Bitte sehr!«

Sie durfte neben dem Fahrer Platz nehmen, während sich der Rest der Reisegruppe die Rücksitze teilte.

»Zigarette?«

Das Mädchen schüttelte den Kopf.

Martin wusste nicht, dass die schöne Dilan in Hamburg geboren, also in einer Weltstadt aufgewachsen war, die Rostock übertraf. Er pries ihr die Sehenswürdigkeiten seiner Stadt, so wie man dem ersten Menschen, der aus einer Höhle im Neandertal gekrochen ist, die Wunder der Pyramiden vorgeführt hätte.

»Das ist das gotische Rathaus aus dem Mittelalter mit barockem Vorbau, dort die Marienkirche und hier die Lange Straße, eine Häuserzeile aus DDR-Zeiten und so hübsch erbaut, dass Vergleichbares in westdeutschen Städten nicht zu finden ist, geschweige denn in Istanbul.«

»Kenn ich leider nicht«, sagte Dilan.

»Aha. Dann wird's ja höchste Zeit, dass ihr da vorbeigeht, ehe ihr an die Türkische Riviera weiterreist.«

Martin nahm nicht zur Kenntnis, dass er zwei weitere Fahrgäste hatte. Er schnatterte unentwegt auf Dilan ein und bald war Raoul eifersüchtig auf den großen Blonden, der sich so auffällig um Dilan bemühte.

Er war aufgeklärt durch die Lektüre von Jugendzeitungen, wusste selbstverständlich, wie ein Kondom übergestreift wurde, was ein Strichjunge war oder ein Freier, und bereute plötzlich, dass er sich auf eine Fahrt ins Ungewisse eingelassen hatte, wo Gefahren lauerten, an die er nicht im Traum gedacht hatte. Womöglich war der schmierige Kerl mit den Goldkettchen ein Zuhälter oder Martin gehörte selbst zu diesen Kreisen und würde das Mädchen bei nächster Gelegenheit an einen Freier verkuppeln.

Mit solchen Verdächtigungen tat Raoul Martin unrecht. Der fand das Mädchen sexy und wie für ihn geschaffen, kam aber gar nicht auf den Gedanken, dass einer von den unterentwickelten Knaben auf der Hinterbank Rechte auf diese kurdische Schönheit anmelden durfte.

Er fuhr zum Seehafen hinaus und führte Dilan zum Kai. Die beiden anderen Jungen waren abgemeldet.

Martin schwärmte von den großen Kähnen, die übers Meer fuhren, irgendeinem fernen Ziel entgegen.

Dilan dachte, er träumt von etwas Schönem, er hat

Fernweh im Blut. Kein Wunder, er ist ja der Sohn eines schwedischen Matrosen, der ihn im Stich gelassen hat.

Sie fragte: »Hast du eine Lehrstelle in Aussicht? Irgendwas, das mit der Seefahrt zu tun hat?«

Martin verneinte. »Am sichersten bekommt einer wie ich im Knast einen Ausbildungsplatz.«

»Es gibt so viele Ungerechtigkeiten in Deutschland.«

»Meinst du, woanders ist es besser?«

»Ich weiß nicht.« Dilan hob die Schultern. »Hier will mich keiner haben. Es könnte ja sein, in der Türkei lebt jemand, der zu meiner Familie gehört.«

Martin legte tröstend seinen Arm um das Mädchen. Er besaß nicht gerade das, was die Leute unter einem guten Elternhaus verstanden, aber immerhin eine Reihe von Geschwistern, die er gern hatte, und Andy hatte ihn gerufen, damit er den beiden Kleinen auf ihrer Flucht weiterhelfen sollte. Das würde er nach bestem Gewissen tun.

Als er auf die Geldbeschaffung zu sprechen kam, redete er großspurig daher. »Am aussichtsreichsten ist natürlich ein Banküberfall, aber weder ich noch mein Bruder haben je an einem teilgenommen und sind also nicht im Training. Andys Masche, Fitnesszentren zu plündern, ist uneffektiv. Dagegen verspricht es einiges, Autos zu klauen. Die werden umfrisiert und nach Polen oder Russland verschoben.«

Martin hatte gerade ein besonders schönes Modell erwischt. Der Verkauf des Golfs, so hatte der Mann mit den Goldkettchen verraten, würde so viel Moos erbringen, dass er die viertausend fehlenden Märker für die Reise mit Leichtigkeit sponsern könnte.

Martin schwatzte und balzte, während er Dilan auf die Schönheiten von Warnemünde aufmerksam machte, auf die romantischen Häuser am Strom.

»Schau mal, hinter der Brücke gibt es Sanitäranlagen und ziemlich feine Duschkabinen zur Benutzung für die Bootsfahrer. Kostet allerdings fünf Mark. Und das ist nur ein Tipp für dich, Dilan. Ich hab euch ein Quartier vorbereitet, das primitiv ist, eine verlassene, verfallene Fabrik am Rande der Heide und so weit vom Zentrum entfernt, dass euch die obdachlosen Penner nicht zu nahe rücken können. Aber dort gibt es nicht einen einzigen intakten Wasserhahn.« Martin drückte der verblüfften Dilan eine Fünfmarkmünze in die Hand.

Raoul beobachtete mit umdüstertem Blick, dass sich sein Mädchen von dem Schönling beschenken ließ. Er spürte, wie sich ein Schimmel auf seine Seele legte, auf die Stimmbänder übrigens auch. Er räusperte sich zwar, brachte aber kein Wort heraus und schwieg verbittert.

Andy maulte umso lauter. Er war mit dem Bruder nicht einverstanden, weil der einen Besuch bei der Mutter verweigerte. Er hatte Sehnsucht nach ihr und außerdem eine Flasche Kirschlikör besorgt, den trank sie so gern.

»Nimm dich zusammen«, zischte Martin. »Du bist aus Besenberg abgehauen, ich bin aus Parchim getürmt. Wo werden uns die Bullen zuerst suchen? Bei unserer Mutter.«

»Ich habe sie seit drei Monaten nicht gesehen.«

Martin beruhigte ihn. »Hast du nicht mitgekriegt, dass am Hafen die großen Karussells und Fressbuden für das Sommerfest aufgebaut werden? Am nächsten Sonntag wird der Rummel eröffnet. So lange musst du es noch aushalten, dann werden wir uns auf dem Jahrmarkt treffen. Dort zwischen den vielen Leuten kannst du unsere Mutter drücken und küssen, dort kannst du mit Miriam Achterbahn fahren, sooft du willst. Denn am Sonntag werde ich reich sein, weil ich bis dahin einen nagelneuen Golf verscheuert habe.«

Martin lud die drei noch zu einem Imbiss an der Dönerbude ein, ehe er sie in das Nachtquartier einwies, einen geschützten Winkel in einer trostlosen Fabrikruine.

Die Treppe, die zum ersten Stock hinaufführte, war längst ohne Handlauf, aber einigermaßen gefahrlos zu begehen, wenn man sich an der Wand entlangtastete. Überall lag Unrat herum. Der Wind fegte durch glaslose Fensterhöhlen und in der Dämmerung flogen Fledermäuse taumelnd ein und aus. Irgendwo musste eine Leitung undicht sein, es hallte in der Stille, wenn immer wieder ein Tropfen am Boden aufschlug.

Dilan fürchtete sich und zitterte. Sie lag neben Raoul auf der Matratze und warf sich auf die Seite, um ihn zu umschlingen. Raoul versuchte Dilan zu trösten, aber es dauerte lange, bis sie sich beruhigte.

Die beiden konnten nicht einschlafen, weil Andy schnaufte und schluchzte. Vielleicht schüttelte ihn das Heimweh.

Raoul dachte, es ist verlogen, das Lied vom lustigen Zigeunerleben: *Faria, faria ho!* Die Wirklichkeit ist traurig.

Das Versteck auf der Insel

»Hast du schon gegessen?«, fragte die alte Frau Habenicht, als ihr Sohn endlich erschienen war.

Er war ein großer Kerl und musste sich bücken, wollte er nicht mit der Stirn gegen den obersten Türbalken schlagen, was mehr als einmal vorgekommen war.

Er schüttelte den Kopf und musste sich ein zweites Mal klein machen, um seine Mutter zu küssen.

Frau Habenicht sah mit Unwillen, dass ihr Sohn abgemagert war. Dafür machte sie Rosi verantwortlich, seine neue Frau, die ihren Mann nicht pflegte und ordentlich ernährte, während sie selbst einer zu stramm gestopften Presswurst ähnelte.

Das beklagte Heiners Mutter laut, während sie vier Eier in die Eisenpfanne schlug und ein paar Mal ums Brot schnitt. »Gern hätte ich dir vom Schinken vorgelegt, aber leider ... « So kam sie auf Raoul zu sprechen.

Natürlich hatte auch der Vater vom Verschwinden des Jungen gehört, ängstigte sich und schimpfte: »Dieser Teufelsbraten!«

Seine Mutter erzählte von Dilans Erbe, von dem das Mädchen nichts ahnte, und Heiner war so verblüfft, dass er sich beim Essen verschluckte.

»Wir müssen dem Kommissar helfen die Kinder zu finden«, meinte die alte Frau und fragte nach der Insel, auf der sich Heiner früher mit Vorliebe versteckt hatte.

Der Sohn erinnerte sich.

Wie aber ohne Boot dorthin gelangen?

Heiner entschloss sich den Kommissar anzurufen und ihm mitzuteilen, dass seine Mutter einen Verdacht hege wegen des Verstecks, und er vielleicht in der Lage wäre, die Kinder dort aufzustöbern, um Schlimmeres zu verhindern.

Der Kommissar zeigte sich erfreut und versprach in etwa einer Stunde mit einem Boot der Wasserschutzpolizei am Habenicht'schen Steg zu erscheinen. Raouls Vater solle ein Kleidungsstück seines Sohnes mitbringen, damit der Suchhund in der Lage wäre die Spur aufzunehmen.

Das Boot legte pünktlich an. Heiner sprang an Bord.

Er genoss die Fahrt und blickte auf bewaldete Hügel, die vorüberglitten, auf besonnte Felder und Wiesen. Ihm fiel ein, wie er sich als Junge hatte in die Riemen stemmen müssen, um den hölzernen Kahn über den See zu treiben. Oft genug waren sie bei Mondenschein unterwegs gewesen, sein Bruder und er, und hatten die Netze der Fischereigenossenschaft um einen stattlichen Zander oder Hecht erleichtert.

Die Fahrt über den See war ruhig. Die Kapitäne der schneeweißen Jachten verhielten sich musterhaft, sobald sie der Wasserpolizei ansichtig wurden. Und wenn tatsächlich einer aus der Bucht geschossen kam, den Bug des Bootes steil aufgerichtet und achtern beinahe unter dem

Wasserspiegel, eine gewaltige Welle durchschneidend, so ließ er sich augenblicks fallen, tuckerte geradezu lahmarschig vorüber und winkte, um die Leute auf dem grünweißen Boot zu grüßen.

Raouls Vater dachte an die Fischzüge seiner Jugendzeit und war sich nicht mehr sicher, ob er recht daran tat, seinen Sohn an die Polizei zu verraten.

Der Kommissar musste dem maulfaulen Mitfahrer die Antworten auf seine Fragen aus der Nase ziehen.

Sie machten schließlich das Boot am toten Baum fest. Dort fand sich bereits ein Zeichen, das auf die vermissten Kinder deutete und vom Kommissar mithilfe des Fotoapparats dokumentiert wurde. Dem rindenlosen Stamm war ins eisenharte Holz geschnitten, dauerhaft wie eine Grabinschrift: ein Herz, die Buchstaben R und D und die Jahreszahl 2000.

»Na, dann wollen wir mal«, sprach der Kommissar.

Der Hund schnupperte an Raouls Pullover, dann stemmte er sich in die Leine und zerrte den Hundeführer, der nur mühsam folgen konnte, hinter sich her. Nicht lange, und der Hund gab Laut vor einem Flechtwerk, das von Hopfengeschlinge überwuchert war, kaum zu unterscheiden vom natürlichen Wildwuchs der Umgebung.

Der Hund ließ sich nicht täuschen. Er bellte und knurrte. Und nun bewies sich wieder einmal, dass das Auge des Gesetzes manches übersehen würde, käme ihm nicht ein Vierbeiner zur Hilfe, um es mit der Nase auf das Beweisstück zu stoßen. Zwar kann nichts gegen die Redensart vorgebracht werden, dass vier Augen mehr sehen als zwei, kommt aber ein guter Riecher hinzu, ist die Erkenntnis allemal größer.

Man beruhigte und lobte den Hund, bog das Gezweig zur Seite und zum Vorschein kam eine Unterkunft, zwar nicht palisadenbewehrt wie jene von Robinson Crusoe, aber mit allem versehen, was zum Überleben auf einem einsamen Eiland benötigt wird.

Davon stammte einiges zweifellos aus dem Sperrmüll, wie zwei angerostete Bettgestelle nebst dazugehörigen Matratzen. Anderes identifizierte Heiner Habenicht als dem Haushalt seiner Mutter zugehörig, wie den Kochkessel und die eiserne Pfanne, auch Reste eines Keramikgeschirrs, das zu seiner Kinderzeit in Gebrauch gewesen und leicht beschädigt war, Teller und Tassen peinlich sauber gehalten und ordentlich auf Brettchen gestapelt.

Die Bewohner dieser Unterkunft ähnelten offensichtlich jenen Leuten der unteren Schichten, wie sie in Romanen des neunzehnten Jahrhunderts beschrieben werden: arm, aber reinlich. Jedenfalls glich die Notunterkunft keiner Räuberhöhle, im Gegensatz zu den Wohnungen junger Übeltäter, wie sie Kommissar Maaß bei Hausdurchsuchungen oft genug vorgefunden hatte, voll gestopft mit Unterhaltungselektronik modernster Art, aber ohne Waschmaschine. Verdrecktes Geschirr in der Spüle, stinkende Wäsche im Badezimmer aufgehäuft. In diesem Quartier wurde offenbar sogar der Abfall getrennt.

Aber die Bewohner waren ausgeflogen.

Verdammt noch mal, wo konnten sie stecken?

Kein Hinweis übrigens auf den Raubüberfall in der Steigenburger Marina, keine Plastetüte mit Resten der Beute. Alles deutete darauf hin, dass die Besitzer der Hütte bald zurückkehren würden.

Sollte man eine Wanze einbauen? Ein elektronisches Warngerät? Der Kommissar blickte zur Dachkonstruktion der Laubhütte, da sah er, eingehüllt in einen lockeren Leinenbeutel, den Schinken hängen.

»Der gehört meiner Mutter«, sagte Heiner Habenicht, »und war für Weihnachten aufgespart.«

»Lassen wir ihn noch ein Weilchen hängen«, meinte der Kommissar. »Wir wissen im Augenblick nicht, wo sich die Kinder aufhalten, dafür aber, wohin sie höchstwahrscheinlich zurückkehren werden. Dann sollen sie nichts vermissen.«

Dilan, hellorange

Raoul erinnerte sich.

Es war gegen Abend. Dilan und ich, wir hockten in unserer Räuberhöhle auf den Matratzen und warteten auf Andy und Martin. Wir fürchteten uns beide vor den nächsten Stunden. Schon die vergangene Nacht war so trostlos gewesen.

Ich war schwer in den Schlaf gekommen, weil mich Dilan umschlungen hielt, aus Angst vor den Fledermäusen. Es muss furchtbar sein, wenn sie sich in Mädchenhaaren verkrallen. Wer weiß, wovor sie sich noch fürchtete. Ich traute mich nicht, mit Dilan zu diskutieren, und wagte mich nicht an Zärtlichkeiten, denn nebenan lag Andy.

Ich hielt Dilan, so fest ich nur konnte, um sie zu trösten, aber mir selber war zum Heulen. Es deprimierte mich, was wir alles anstellen mussten, um den Gemeinheiten der Behörden zu entgehen. Die reden und schreiben zwar, dass zusammenwachsen soll, was zusammengehört, aber für eine deutsch-kurdische Liebe gilt das nicht.

Der Überfall auf die Steigenburger Marina war schwer genug gewesen, aber vielleicht würden wir einen zweiten versuchen müssen, wenn es Andys Bruder misslingen sollte, das geklaute Auto günstig zu verscherbeln.

Der Typ, der in Martins Gesellschaft erschienen war, hatte nicht so ausgesehen, als ob er sich übers Ohr hauen ließe. Und sollte Martin bei der Russen-Mafia doch eine Menge Geld herausschlagen, wird er uns die Reise nicht einfach schenken wollen, sondern eine Gegenleistung erwarten. Ich kann mir schon denken, welche.

Der Junge hat sich vor Dilan gedreht und gespreizt, vielleicht hat er ihr eine Sauerei ins Ohr gezischelt und nun zittert sie wie Espenlaub, weil sie sich als Opferlamm fühlt.

Martin hat schon Sex gehabt und wird immer schärfer darauf, wie mir Andy einmal anvertraut hat. Mir hat es gereicht, was mir der Angeber gezeigt hat, als Dilan an der Döner-Bude mal für kleine Mädchen musste, ein Poster, das er im Auto aufbewahrt, weil er es im Kinderheim nicht an die Spindwand pinnen darf. Darauf war eine splitternackte Blondine zu sehen, die auf der Kühlerhaube eines Autos hockte und sich die Brüste seifte.

Womöglich war Dilan bei dem Autoverkauf als Zugabe für den Dickarsch in der Lederhose bestimmt.

Nichts als Sorgen, nichts als Kummer, nichts als Angst.

Ich graulte mich und dachte, natürlich sind die Mafia und die Ausländerpolizei mächtiger als wir armen Schweine, und nun rennen wir wie um unser Leben, obwohl wir wissen, dass es vergeblich ist.

Das traurige Ende kennt man vom Fernseher her. Jeder Tatort beginnt mit laufenden Füßen, die Musik jault bedrohlich und die Ringe mit dem Fingerabdruck ziehen sich zusammen wie die Schlinge am Galgenstrick des Henkers. Und jeder Krimi endet mit laufenden Beinen, zwei gehören dem Flüchtling und mehrere den Verfolgern. Und dann kommen welche von der Gegenseite her angerannt, auch Hundebeine. Der Täter weiß, es hat keinen Zweck, aber er läuft, bis ihn der Polizist ins Genick haut oder der Hund am Ärmel reißt. Die edlen Verbrecher gehen allerdings nicht vor der Polizei in die Knie, sondern hechten vom Hochhaus in die Tiefe oder stürzen sich von einer Brücke in den Rhein bei Köln.

Dilan zitterte, Andy schluchzte wegen seiner Mutter und ich dachte, vielleicht stehen wir alle längst vor dem Abgrund.

Als ich endlich eingeschlafen war, träumte ich von dem Kerl mit dem dicken Arsch in der Lederhose. Er kam auf mich zu und hielt keinen Colt in der Faust, sondern ein Messer, wie man es zum Abschneiden der Auslegeware benutzt. Das setzte er mir an den Hals, sodass ich im Schlaf schrie und Dilan mich umarmen und wiegen musste, bis ich den ekelhaften Traum vergaß.

Am Morgen jagte uns Martin aus dem Schlaf. Er hatte eine Tüte frischer Brötchen mitgebracht, sie dufteten lieblich in der stinkigen Höhle, die unser Zuhause war. Sogar zwei Milchkartons hatte Martin aufgetrieben. Er holte ein Messer aus der Hosentasche, ließ die Klinge aufspringen und kappte die Ecken vom Tetrapack so, dass wir lutschen konnten.

Es ist komisch, ich hatte mich elend gefühlt in der verkommenen Fabrikruine, ich wusste nicht, wo ich pinkeln oder mich waschen konnte, aber mit einem Mal freute ich mich, dass ich neben Dilan hockte. Ich verschlang das trockene Brötchen mit solchem Genuss, als wäre es mit Erdbeermarmelade bestrichen, und die kalte Milch schmeckte mir besser als der schleimige Kakao, den meine Mutter morgens zusammenkochte.

Aber dann kam der Hammer!

Wir mampften gierig so viele Brötchen, bis wir gesättigt waren, und reichten die Milchkartons herum, um kräftig nachzuspülen.

Martin hockte am Ende einer Matratze, qualmte schon die zweite Zigarette und sah uns zufrieden lächelnd an. Er hatte für unsere Ernährung gesorgt, also eine gute Tat vollbracht, und das machte ihn froh, so wie es die alten Frauen erfreut, wenn sie im Stadtpark ein Plastikschälchen mit Milch oder ein Stück vergammelte Wurst für streunende Katzen hinterlassen.

Die Seele schwillt, wenn man sich als guter Mensch fühlen kann, und mit einer großen Seele lebt es sich leichter. Man schwebt wie ein Luftballon. Dilan und ich hatten dieses erhebende Gefühl schon lange nicht mehr empfunden, weil sich unsere Seelen quälten.

Martin drückte den Zigarettenstummel auf dem Zementboden aus und sagte: »Ihr habt ihn gesehen, den Dickarsch in der Lederhose, behängt mit goldenen Kettchen.«

»Der ist von der Mafia«, meinte ich und schmatzte mir genüsslich die Brötchenkrümel von den Zähnen.

Martin nickte. »Ein Balte, spricht beinahe einwandfrei Deutsch. Der Mann will mich bescheißen, weil ich minderjährig bin. Er bietet mir ein Spottgeld für den Golf, aber ich lass mich nicht reinlegen, lieber verscherbel ich den Wagen an die polnische Konkurrenz. Wir müssen also neu planen und handeln. Dazu brauche ich Andy. Ihr beide«, er zeigte auf Dilan und mich, »könnt euch einen schönen Tag machen.«

»Was habt ihr vor?«

»Wir müssen den Golf vor dem Dickarsch verstecken. Vor den Bullen natürlich auch.«

Er hatte einen Plan entwickelt und ich musste Martin ein bisschen bewundern. Er war faul in der Schule und hatte mit seinen Fünfen und Sechsen geprahlt, die er in Deutsch und Geschichte fing, um seine Lehrer zu reizen. Aber in Mathe war er ein Ass. Er hätte jede Lehrausbildung mit links geschafft. Wahrscheinlich hatte er sich aber längst für den Beruf eines Kriminellen entschieden, weil man dazu nur etwas Übung braucht und überhaupt kein Diplom.

Also der Plan:

Ein paar Kilometer hinter dem Gewerbegebiet der Hansestadt Rostock fängt das platte Land an. Dort stehen nicht nur Eigenheime herum, sondern auch schäbige Häuser und sogar ein paar romantische Ruinen. Martin beschrieb eine Feldscheune im abgelegenen Hartenland, die nicht aus dem vergangenen Jahrhundert stammte, sondern weiter zurück in Richtung Mittelalter und ziemlich baufällig war. Ein Gemäuer, ganz und gar aus roten Ziegelsteinen hochgeklotzt, mit riesigen Rundbogeneinfahrten. Die hölzernen Tore waren längst verrottet und verschwunden. Das Ganze war anzusehen wie eine verfallene Kirche ohne Turm und eingezäunt mit Stacheldraht, der mit einer guten Zange kinderleicht durchschnitten werden konnte. Am Mauerwerk hingen gelbe Schilder mit der Aufschrift: *Betreten verboten! Einsturzgefahr!*

Ein ideales Versteck für den Golf.

Martin erklärte: »Wir müssen den Wagen in die Ruine in Hartenland bringen, mit Stroh tarnen und uns dann erst einmal wieder verpissen. Dazu brauchen wir ein zweites Auto.«

»Na logo«, sagte ich.

Martin fragte: »Hast du schon mal eins geklaut?«

Ich musste verneinen und es ärgerte mich auf einmal, dass Andy mit offenem Mund lächelte. Bei meinem echten Vater hatte ich Poster von einer Filmschauspielerin gesehen, die früher sehr berühmt war, Marilyn Monroe. Diese Frau lächelte immer mit offenem Mund, und das sah sexy aus. Wenn aber eine männliche Person das Gleiche macht, wirkt es dämlich.

Wahrscheinlich lächelte Andy so blöd, weil er dachte, ich wäre bloß ein armseliger Streber, dem es nur um gute Zensuren in der Schule geht und der sonst nichts leisten kann.

Ich fühlte mich zurückgesetzt und rief: »Ich bin ein Sitzenbleiber, Mensch! Ein Schulschwänzer. Ich habe allerhand auf dem Kerbholz.« Und ich dachte, das würde auf Martin Eindruck machen.

Er sagte aber nur: »Leider kannst du keine Autos knacken.«

»Ich kann es lernen.«

Das war Martin zu riskant. »Junge, wir müssen am hellen Tag arbeiten, und zwar in Warnemünde. Dort sind alle Parkplätze überfüllt, auch die Nebenstraßen. Heute ist ein wunderschöner Tag. Jeder will noch mal ans Wasser. Wir werden leichtes Spiel haben. Aber meine Erfahrung sagt, dass wir drei oder vier Autos aufbrechen müssen, bis wir einen Schlitten finden, mit dem wir losfahren können. Dazu brauch ich einen geschickten Partner. Andy, du wirst mich begleiten.«

Danach machten sich beide davon. Sie wollten uns am Abend aus der Fabrikruine abholen. Bis dahin konnten Dilan und ich den Sonnentag genießen.

Kleiner Fußmarsch bis zur Haltestelle der S-Bahn, nur eine Viertelstunde Fahrt bis Warnemünde. Es war früh am Vormittag, ein bisschen kühl, jedenfalls zu zeitig für den Strand, deshalb machten wir uns den Spaß und gingen in den nächstbesten Firseursalon.

Dort ließen wir uns ein neues Image verpassen, was gar nicht schwierig ist, wenn man genügend Geld hat und die richtige Farbe erwischt.

Dilan nahm hellorange. Niemand würde etwas Kurdisches unter einem solch leuchtenden Schopf vermuten.

Wir hatten nur das Nötigste für die Flucht zusammengepackt und nicht an Badezeug gedacht. Nun mussten wir eine ganze Weile am Wasser entlangstapfen, bis wir endlich den Nacktbadestrand erreicht hatten.

Hier breiteten wir die Handtücher aus, wickelten unsere Klamotten zu einem Knäuel, das wir als Kopfstütze benutzten, machten uns lang und freuten uns aneinander.

Wir sahen anders aus als gewohnt. Dilans Haar war kurz geschnitten und hellorange gefärbt, was im Gegensatz zu ihren Brombeeraugen stand, und ich nicht mehr rothaarig, sondern schwarzbraun mit gegelter Frisur. Die Veränderungen hatten eine Menge Kies gekostet, waren aber notwendig gewesen wegen unserer Tarnung auf der nächsten Etappe der Flucht. Der Abschlag von der Beute, den uns Andy zugeteilt hatte, war draufgegangen. Es hatte sich gelohnt.

Wir kamen uns fremd vor, aber auch so komisch, dass wir immer wieder lachen mussten, bis wir uns schließlich in den Armen lagen und aneinander herumschnüffelten. Wir rochen süßlich nach den Lacken, die in Friseursalons verwendet werden und so scharf sind, dass die Haararbeiter eine Hand vor die Spraydose halten müssen, damit sie den Kunden nicht die Augen verätzen. Am besten, man küsst sich das Zeug von der Stirn. Wir taten es kichernd.

Nach einer Weile sagte ich: »Dilan, es ist August. Lange dauert der Sommer nicht mehr. Wir wollen den Tag genießen. Wir stellen uns vor, wir hätten gar keine Sorgen. Wir sind gar nicht auf der Flucht. Wir warten nicht auf Andy und Martin, die heute das zweite Auto klauen wollen. Wir haben kein bisschen Angst vor der Ausländerpolizei oder einem Kriminalkommissar. Wir sind glücklich und aalen uns wie die nackten Leute nebenan. Schau mal vorsichtig hin. Der Mann hat einen dreifach gewulsteten Bauch, das sieht aus, als hätte er sich in mehrere Rettungsringe aus Fett eingezwängt. Und der Hintern seiner Frau ist gefaltet wie die Übergardinen im Wohnzimmer meiner Großmutter Parisius, die werden rechts und links von einer Art Strumpfband zusammengerafft. Wir sind jung, wir sind glatt und platt, bis auf die Vorsprünge deiner Brust. Es würde mir gefallen, wenn du mit der Spitze deines Zeigefingers wieder was zum Raten auf meinen Rücken malen könntest, ein Herz oder einen Namen. Raoul zum Beispiel oder ein Wort wie Liebe. Ich rolle mich vorsichtshalber gleich auf den Bauch.«

Später liefen wir den anbrandenden Wellen entgegen und schrien vor Vergnügen, wenn sie uns gischtsprühend über den Haufen werfen wollten. Das gelang ihnen nicht, weil wir uns an den Händen hielten. Gemeinsam waren wir stärker als die ewig schwappende See. Wir konnten sogar mit den Wogen tanzen, bis uns fröstlig wurde und wir zum Strand zurückwaten mussten. Dort warfen wir uns auf die Handtücher, ließen uns von der Nachmittagssonne trocknen und schliefen nebeneinander ein.

Ich wurde wach, als ich Dilans streichelnden Finger auf meinem Rücken spürte.

»Das ist ein Herz«, sagte ich. Ich lag auf dem Bauch, Kopf auf den verschränkten Armen, und blinzelte zur Seite. Da sah ich, dass die Sonne dem Horizont entgegensank.

Dilan sagte: »Richtig, das ist ein Herz. Das heißt, ich habe dich lieb wie einen Bruder, Raoul. Du bist der einzige Mensch seit Mutters Tod, der gut zu mir gewesen ist.«

Ich antwortete: »Ich hab dich lieber, als man eine Schwester liebt. Von einer Schwester kann man sich trennen. Ich will immer bei dir sein.«

Da sagte sie: »Der Sommer ist bald vorbei. Der Tag geht zu Ende. Dann kommt die Nacht und dann kommt die Angst.«

Ich brummte: »Geteilte Angst ist halbe Angst.«

Aber Dilan widersprach: »Du hast Angst um mich, ich ängstige mich um dich, also verdoppelt sich die Angst. Wie wollen wir ihr entgehen?«

»Bis Rostock sind wir schon gekommen«, meinte ich obenhin. »Nun schippern wir ganz weit weg, bis in den Finnischen Meerbusen oder noch besser bis Afrika.«

»Ich glaube, wir müssen uns trennen«, sagte Dilan.

Ich dachte, ich höre nicht recht.

»Das ist das Beste.«

Zum Glück lag ich immer noch auf dem Bauch, Stirn auf den verschränkten Armen. Dilan konnte nicht sehen, dass mir die Tränen kamen.

Mein Gott, ich hatte ihr schon vor ein paar Wochen am Beispiel von Großmutters Schweineschinken klar gemacht, dass der Teufel in der Not Fliegen fressen muss.

Sie war ein Mädchen, ich ein Junge. Sie war kurdisch, ich war deutsch. Sie war Muslime, ich sollte an den Herrn Jesus glauben. Wenn wir zusammenbleiben wollten aus lauter Liebe, dann mussten wir Zugeständnisse machen. Aus diesem Grund hatten wir uns mit Andy und Martin eingelassen. Nun gefiel es Dilan nicht, dass wir auf die schiefe Bahn geraten waren und vor dem Absturz standen.

Sie malte mir wieder was auf den Rücken.

Ich erriet, dass es ein Fragezeichen war.

»Wie viel Geld haben wir noch?«

»Ein paar Groschen. Die Haarfärberei hat beinahe hundert Mark gekostet.«

Sie sagte: »Ich muss eine Fahrkarte nach Hamburg kaufen. Ich gehe dorthin zurück, woher ich gekommen bin. Ich will versuchen Onkel Kütsch zu finden.«

»Und was wird aus mir? Ich liebe dich! Ich liebe dich!«

Ich hatte immer noch die Stirn auf den gekreuzten Armen. Jetzt waren sie von Tränen nass.

Da sagte Dilan: »Beweis es mir. Hol mir den Ring mit dem Edelstein, so groß wie eine Haselnuss.«

»Wozu brauchst du ihn?«

»Ich will auf keinen Fall zu meinem Vater, der mich verraten und verlassen hat. Der Ring wird mich zu Mutters Familie nach Kurdistan führen. Vielleicht finde ich dort jemanden, bei dem ich leben kann.«

»Gut«, sagte ich und richtete mich schnaufend zum Sitzen auf. »Ich hol dir den Ring. Solange ich fort bin, muss ich dich im Schutz von Martin lassen. Aber sieh dich vor, wir können uns mit ihm nicht anlegen. Im Gegenteil, wir müssen ihm heute Abend helfen das geklaute Auto zu verstecken.«

Dilan sagte nach einer Weile: »Gut, wir machen noch einmal mit. Es ist das letzte Mal.«

Ich dachte, wann wird sie mich zum letzten Mal küssen? Und mir fiel ein, dass ich als kleiner Junge die Arme gehoben hatte, damit mich meine Mutter trösten konnte, wenn ich unglücklich war.

Ich hob die Arme.

Dilan umarmte und wiegte mich, und für einen Augenblick vergaß ich meinen Kummer und meine Angst.

Das Unglück in der Abendstunde

Das Gemäuer der Fabrikruine war gegen Abend hin nahezu fensterlos und es dämmerte bereits in ihrer Räuberhöhle, als Raoul und Dilan durch ein gellendes Hupkonzert aufgeschreckt wurden.

»Sie sind da, Dilan.«

»Endlich.«

Beide tasteten sich, so schnell es ging, treppab und liefen zum Ausgang.

Draußen standen zwei Golfs hintereinander. Den einen knallroten Wagen kannten sie bereits, bei dem anderen dunkelgrünen handelte es sich offensichtlich um die Neuanschaffung, geklaut am Nachmittag in Warnemünde.

Andy hockte stolz wie ein Spanier hinter dem Lenkrad. Er ließ die Seitenscheibe herunter, versuchte ein Siegerlächeln und winkte Dilan einladend auf den Beifahrersitz.

Jetzt beugte sich Martin aus dem Fenster des roten Wagens und schrie: »Toll siehst du aus, Dilan. Komm, fahr mit mir.«

Nicht auszudenken, was geschehen wäre, hätte sie das wirklich getan.

Sie rief aber ziemlich patzig: »Grün passt besser zu meiner Haarfarbe. Ich steige bei Andy ein!« Sie lachte. Wahrscheinlich freute es sie, dass sie nicht mehr lange die Komplizin einer jugendlichen Verbrecherbande sein würde. Das Auto musste nur noch vor der Mafia versteckt werden, danach wollte sie sich von den anderen trennen und befreien, um nach Hamburg abzuhauen.

Raoul Habenicht wusste, dass Dilan diese Entscheidung aus Zuneigung zu ihm getroffen hatte. Sie wünschte nicht, dass er sich ihretwegen immer tiefer ins Unglück hineinritt, sondern wollte ihm helfen und tat ihm damit bitter weh. Er hatte versucht Dilan von ihrem Entschluss abzubringen, als sie in ihrer Räuberhöhle auf die Autodiebe warten mussten.

Der Junge war starker Gefühle fähig und manchmal machte er große Worte, wie sie bei Friedrich Schiller vorkamen, zum Beispiel in der *Bürgschaft* oder in anderen Balladen, die er mit Vorliebe las, während die meisten seiner Schulkameraden nach einem Fernsehkrimi süchtig waren, dessen Held gar kein Mensch, sondern ein abgerichteter Schäferhund war.

Raoul sagte beschwörend: »Du bist mein Schicksal, Dilan, und ich kann einfach nicht leben, ohne an dich zu denken.«

Dilan antwortete: »Stell dir mal vor, du wärst damals eine Minute später an der Gemüsebude des Lippenstrippenbartes vorbeigekommen und hättest nicht mit ansehen müssen, dass mich der Mann ins Gesicht geschlagen hat. Deine Eltern müssten sich heute keine Sorgen machen. Und natürlich wissen sie, dass du meinetwegen in der Klemme sitzt. Du schwänzt schon wieder die Schule. Und wenn du nicht umkehrst, fliegst du todsicher vom Schlossgymnasium Sophie Charlotte.«

Raoul hatte Dilan widersprechen wollen, aber das Hupkonzert unterbrach ihre Auseinandersetzung.

Dilan schnallte sich also neben Andy auf dem Beifahrersitz fest. Der Junge verwaltete immer noch die Beute vom Überfall auf die Steigenburger Marina. Dilan hatte vor, ihm das Reisegeld für die Flucht nach Hamburg abzuschwatzen, und musste ihn deshalb bei Laune halten.

Selbstverständlich war Martin sauer und zeigte seinem Bruder den Stinkefinger.

Er ist scharf auf Dilan, dachte Raoul. Er hat mir das Poster von der nackten Blondine gezeigt, die sich die Brüste seift. Ich darf Dilan nicht in seiner Obhut lassen, wenn ich nach Pälitzhof trampe, um den Ring mit dem Edelstein zu holen, den sie unbedingt braucht, um ihre Familie in Kurdistan zu finden. Am besten wäre, ich könnte Dilan überreden, in meinem Schutz bis Hamburg zu reisen und mit mir zusammen einen Abstecher nach Pälitzhof zu machen. Aber vielleicht lauert dort schon die Polizei. Jedenfalls werde ich erst ruhig schlafen, wenn ich Dilan bei ihrem Onkel in Sicherheit weiß.

Jetzt rief Martin befehlerisch nach Raoul: »Du kommst zu mir, Kleiner!«

Der Junge schüttelte heftig den Kopf. »Ich bleibe bei Dilan«, sagte er und musste sich gefallen lassen, dass ihn der große Blonde ein Arschloch nannte.

Quietschende Reifen. Ab ging die Fahrt.

Sie fuhren auf Nebenstraßen. Manchmal überholten sie einen Radfahrer oder einen Traktor. Der Sommer neigte sich schon dem Ende zu, die Ernte war längst eingefahren.

Nur hier und da kroch noch eine Maschine über den Acker, um ausgedroschenes Stroh, das in Schwaden lag, zu pressen und zu binden. Zurück blieben mannshohe gelbbräunliche Rollen, die wie große Tiere auf den Feldern ruhten und im blauen Abendlicht schön anzusehen waren.

Die Straße nach Hartenland war kurvenreich, sie erlaubte keine Raserei, aber dem vorausfahrenden Martin fiel ein, seinen Golf auf der Chaussee schlängeln zu lassen. Wahrscheinlich hörte er Radiomusik und versuchte mit dem Golf zu tanzen.

Andy wollte es augenblicklich seinem Bruder gleichtun.

»Lass das!«, rief Raoul vom Rücksitz her. »Du hast keine Fahrerlaubnis. Du bist kein sicherer Fahrer.«

»Martin hat auch keinen Führerschein«, sagte Andy trotzig. »Pass mal auf, jetzt werde ich den Angeber überholen.«

Tatsächlich, er scherte nach links aus. Dilan und Raoul kippten zur Seite.

Dilan schrie vor Angst. »Fahr langsam, Andy. Ich bitte dich!«

Aber mit dem Jungen war nicht zu reden und Martin wollte den Bruder auf keinen Fall vorbeilassen. Erst fuhr er auf der linken Straßenseite, um Andy zu behindern, dann zischte er davon.

Da kam endlich die Ruine der Feldscheune Hartenland in Sicht.

Andy trat auf die Bremse. Auch der vorausrasende Golf

verlangsamte die Fahrt und bog von der Straße ab, um die Rückseite des Gemäuers zu erreichen.

Andy folgte und versuchte plötzlich seinen Bruder auf den letzten hundert Metern vor dem Ziel zu schlagen. Das wollte Martin nicht zulassen. Er gab Gas, schoss auf die Toreinfahrt zu und hatte sie gerade erreicht, als das Entsetzliche geschah.

Irgendetwas schien ihm im Wege zu sein, die Reste des morschen Tores vielleicht oder ein Balken, der versteckt zwischen den Brennnesseln lag. Es sah aus, als versuche das Auto einen Sprung zur Seite und würde gleich darauf ruckhaft gestoppt. Dann krachte es und die Kinder sahen, wie ein Teil des Mauerwerks donnernd über dem roten Golf zusammenbrach.

Andy hatte im letzten Moment so heftig gebremst, dass es die Insassen des Autos nach vorne warf. Nun schlug er die Hände vors Gesicht, schluchzte und schrie nach seinem Bruder.

Raoul kletterte aus dem Auto, um Dilan herauszuhelfen. »Alles okay?«

Dann rannte er auf die andere Seite des Wagens, riss die Tür auf und zerrte den heulenden Andy vom Sitz. »Wir müssen Martin retten!«

Als sich die Staubwolken ein wenig verzogen hatten und die Kinder sich der Unglücksstelle nähern konnten, fanden sie Martin reglos über das Lenkrad gebeugt. Herabfallende Ziegel hatten die Frontscheibe zertrümmert und den Jungen getroffen.

Dilan überwand ihre Angst und tastete nach Martins Halsschlagader. Kein Zweifel, er war tot.

»Fort von hier, fort«, stammelte Andy. Er wollte das geklaute Auto stehen lassen und zu Fuß über die Felder fliehen.

Dilan riss ihn zurück. »Nimm dich zusammen, Andy. Du musst uns wenigstens bis zur nächsten Telefonzelle fahren, damit wir die Polizei benachrichtigen können.«

Das Lebenszeichen

»Wer will mich sprechen?«, fragte Kommissar Maaß.

Seine Sekretärin, eine stramme Person mit dünnen grauen Haaren, wiederholte: »Ein Herr Doktor Woldemar Lengefeld in Begleitung seiner Frau. Das sind der Stiefvater und die Mutter von Raoul Habenicht, Sie wissen doch, dem rothaarigen Kerlchen, das verschwunden ist.«

Maaß verstaute den Rest des Fischbrötchens, an dem er herumgekaut hatte, im Schreibtisch, wischte die Finger an einem Papiertaschentuch sauber und stellte sich dann in Positur.

»Herein mit ihnen!«

Der Kommissar begrüßte das eintretende Paar und bat es Platz zu nehmen. Bei dieser Gelegenheit zog er den Bauch ein, um gute Figur zu machen.

Die Frau war ihm neulich beim Abschied so nahe gekommen, dass er ihr Parfüm erschnüffeln konnte, Chanel oder so was ähnlich Teures. Er hatte sie gerade noch bei den Armen packen können, sonst wäre sie ihm in der Schwäche an die Brust gesunken.

Er musterte die Gäste mit raschem Blick und fand wieder einmal bestätigt, dass sich viele attraktive Frauen bei der Wahl ihres Ehemanns vergreifen, denn Frau Carola war schön, schlank und elegant, während der Gemahl nicht gerade als ansehnlich beschrieben werden konnte. Im Gegenteil, er wirkte beinahe lächerlich in seiner schlabbrigen schwarzen Kleidung und ähnelte dem einen Darsteller des Komikerduos Dick und Doof.

Kommissar Maaß hielt sich für einen gut aussehenden Mann und konnte sich allerhand vorstellen, als er die schöne Frau Lengefeld betrachtete. Er strahlte sie an, während er dies bedachte, und nickte dem Mann an ihrer Seite ein wenig geringschätzig zu.

Dann fragte er: »Was führt Sie zu mir?«

»Raoul hat sich gemeldet«, sagte Frau Lengefeld.

»Wann denn und von wo?«

»Gestern Abend. Vermutlich aus einer Telefonzelle. Jedenfalls sagte er gegen Ende des Gesprächs: ›Mama, jetzt habe ich noch für dreißig Pfennig Zeit.‹ ›Warte‹, rief ich, ›Raouli, Liebling, leg nicht auf und sag mir, wie es dir geht.‹ ›Schlecht‹, sagte er, ›sehr schlecht, Mama!‹ Dann hat es leider klick gemacht.« Sie öffnete die Handtasche und es duftete über den Schreibtisch, als sie ein Tüchlein herauskramte, um sich die Augenwinkel zu tupfen.

Lengefeld meinte: »Raoul hat uns alle hinters Licht geführt mit dem zerrissenen Anorak. Auch die vermeintlichen Kampfspuren waren nur vorgetäuscht. Das Fernsehen und selbst die Polizei haben die Sache für bare Münze genommen. Das ist uns unangenehm. Aber selbstverständlich sind wir heilfroh über das Lebenszeichen.«

»Ist der Junge in Begleitung der kleinen Kurdin?«, erkundigte sich lauernd der Kommissar.

»Keine Ahnung.« Lengefeld antwortete zögerlich.

»Hat er irgendwas über seinen Aufenthaltsort verraten?«

»Nichts«, sagte Frau Carola.

Sie schaute dem Kommissar nicht in die Augen, sondern blickte an ihm vorbei, und Maaß hatte den Eindruck, dass sie ihm etwas verschwieg.

Das sagte er Raouls Mutter auf den Kopf zu, aber sie senkte nur leidend die Lider.

Nach einer Weile redete Lengefeld: »Wir dürfen keinen Fehler machen, Herr Kommissar. Raoul hatte das Vertrauen zu uns verloren. Aus diesem Grund ist er ja verschwunden. Meine Frau und ich hatten seit Tagen Gelegenheit, darüber nachzudenken. Mein Gott, man konnte ja auch nicht ahnen, dass es sich bei dem kurdischen Mädchen um eine Millionenerbin handelt.«

»Sonst hätten Sie sich wohl anders verhalten?«, fragte Maaß.

»Vielleicht hätte diese Tatsache Eindruck gemacht bei den Behörden, die stur auf Abschiebung beharrten«, sagte Lengefeld. »Wie auch immer, wir, die Eltern, müssen alles vermeiden, was Raoul erneut verbittern könnte. Am besten, Sie stellen die Fahndung ein.«

Diese Forderung verblüffte den Kommissar. »Sie verschweigen mir etwas«, meinte er. »Vielleicht halten Sie sogar Beweismittel zurück. Herrschaften, das ist gefährlich. Nicht nur wir fahnden nach den Ausreißern, auch andere suchen sie, politische Fanatiker, verbrecherische Elemente. Die Kinder schweben in größter Gefahr.«

Frau Lengefeld sagte leise: »Raoul erpresst uns.«

»So kann man das nicht nennen!«, rief ihr Mann.

Aber sie wiederholte: »Es ist eine Erpressung.«

»Will er Geld?«

»Er will den Ring mit dem großen Edelstein.«

»Den habe ich«, sagte der Kommissar, öffnete das Schubfach seines Schreibtischs und legte das wertvolle Schmuckstück auf die Platte. »Mit mir muss er verhandeln, wenn er den Ring haben will.«

Endlich überwand sich Frau Carola und erzählte.

»Der Junge muss etwas Schreckliches erlebt haben. Er weinte am Telefon. Dann behauptete er, er sei kein Spinner oder Krimineller, sondern habe untertauchen müssen aus edelsten Motiven. Ich habe mich manchmal über die gewählte oder gespreizte Ausdrucksweise des Jungen gewundert. Er wäre also aus edelsten Motiven auf der Flucht und sei bereit aufzugeben. Aber nur unter einer Bedingung: Wir müssten endlich etwas riskieren, um ihm und dem Mädchen zu helfen. Natürlich ist Dilan an seiner Seite, Herr Kommissar.«

»Was verlangt er?«

»Er denkt, der Ring wäre immer noch bei seiner Großmutter Habenicht in Pälitzhof. Mit ihr kann er sich nicht in Verbindung setzen, sie hat kein Telefon.«

»Mein Mann soll den Ring nach Rostock bringen. Wenn die Übergabe klappt, verspricht Raoul, mit Woldemar nach Hause zurückzukehren. Andernfalls würden wir ihn nicht mehr wieder sehen. Er spielt mit hohem Einsatz, Herr Kommissar. Ich habe Angst.«

Brüderchen und Schwesterchen

Raoul hockte immer noch auf der Pritsche in seiner Zelle und überlegte, was er zu Protokoll geben sollte.

Schrecklich, dieser Unfall in der Feldscheune Hartenland.

Andy war verzweifelt, als er begriff, dass sein großer Bruder und sein Vorbild vom herabstürzenden Mauerwerk erschlagen worden war. Er verhielt sich wie ein Verrückter, wollte über die Felder davon und musste zurückgerissen werden, weil Dilan darauf bestand, die Polizei zu benachrichtigen.

»Wir können den Toten nicht einfach liegen lassen.«

Dann schrie Andy wahrhaftig zu Gott und wollte verhandeln. Er versprach, ab sofort am Konfirmandenunterricht teilzunehmen, wenn der Herr den armen Martin noch ein bisschen am Leben ließe. Er tobte und schlug mit einem Holzknüppel, den er aus den Brennnesseln klaubte, auf das Auto ein, als hätte der geklaute Golf das Unglück verschuldet.

Er ließ sich nur mit Mühe überreden nach Rostock zurückzukehren und an der ersten Telefonzelle, die wir sahen, anzuhalten.

Weil er immer noch schluchzte, musste Dilan die Polizei anrufen. Auch ihr fiel das schwer genug.

»Ein Toter liegt in der Feldscheune Hartenland.«

»Jetzt fahr uns zur Fabrikruine, Andy, dort verkriechen wir uns erst mal und beraten dann, was wir tun müssen.« Das war mein Vorschlag.

Aber Andy schrie mich an: »Quatsch! Ich muss zu meiner Mutter. Ich will ihr erzählen, was passiert ist. Weil Martin tot ist, kann er mir keine Vorschriften mehr machen. Ich will endlich zu meiner Mutter. Ich habe sie seit Monaten nicht mehr gesehen.«

Ich fragte: »Willst du in dem geklauten Auto vorfahren?«

Andy zog den Tränenschnodder durch die Nase hoch und krümmte verächtlich den Mund. »Du hältst mich wohl für einen Idioten, weil ich auf die Hilfsschule gehe? Ich bin nicht blöd. Ich lasse den Schlitten in einer Nebenstraße stehen.«

»Okay«, meinte ich. »Fahr uns vorher bitte noch zu der Fabrikruine.«

Andy schrie: »Ich will sofort zu meiner Mutter! Erst schenke ich ihr den Kirschlikör und warte, bis sie im Dusel ist, dann verrate ich, dass Martin nicht mehr lebt.«

Der Junge tat mir unheimlich Leid. Ich wusste von Doktor Parisius, dass Leute nach einem großen Schreck was kriegen können, das man einen Schock nennt. Manchem verschlägt es die Sprache, andere quatschen lauter Stuss.

»Meinetwegen«, sagte ich, »hau ab mit deinem Kirschlikör. Aber lass uns etwas Geld da, damit wir uns eine Weile durchschlagen können. Dilan muss nach Hamburg und sie traut sich ohne Fahrkarte nicht in den IC.«

Andy schüttelte wild den Kopf. »Martin soll eine schöne Beerdigung haben. So was kostet eine Menge. Ich muss mein Geld zusammenhalten.«

Dilan ging auf den Jungen zu, fasste ihn bei der Schulter und rüttelte ihn, als wollte sie den Träumer wecken. »Wir haben unser Blut mit Cola gemixt und gemeinsam getrunken. Du darfst uns nicht im Stich lassen.«

Andy überlegte eine ganze Weile und beinahe war mir, als könnte ich seine Gedanken wie eine altmodische Rechenmaschine rattern hören.

»Ich lass euch das Auto da«, sagte er schließlich. »Ihr könnt es verscheuern. Ich muss mich um meine Familie kümmern.«

Inzwischen war es finstere Nacht geworden. Wir standen immer noch vor der Telefonzelle. Eine Straßenlaterne beleuchtete unsere bleichen Gesichter.

Andy öffnete die Tür zum Fahrersitz des Autos und machte eine einladende Bewegung.

Dilan und ich wechselten nur einen Blick, um uns zu verständigen.

Ich sagte: »Nein, Andy, ich kann nicht fahren und ich will es heute Nacht auch nicht lernen.«

»Du gehst aufs Gymnasium«, meinte Andy verächtlich, »und bist trotzdem eine Pfeife. Also muss ich das Auto an den Mann bringen. Hier habt ihr hundert Mark, für Milch und Brötchen wird es langen.«

Merkwürdig, seit sich Andy wieder als Boss aufspielte,

hatte er sich gefasst. Er war immer noch rotfleckig im Gesicht, weinte aber nicht mehr.

Er stieg ins Auto, fuhr die Seitenscheibe herunter und sagte: »Ich sorge dafür, dass eine Anzeige in den *Ostsee-Nachrichten* erscheint, ganz große Buchstaben, schwarz umrandet: *Martin, geliebt und unvergessen.* Mit Palmenwedel und so weiter. Kauft euch jeden Tag eine Zeitung, damit ihr Bescheid wisst. Kommt zur Trauerfeier, das seid ihr Martin schuldig. Schließlich ist er wegen euch zu Tode gekommen.«

Bei diesen Worten war mir, als hätte mir jemand einen Tiefschlag verpasst und ich hinge hilflos in den Seilen.

Ich konnte gerade noch rufen: »Na hör mal!«

Und dann war Andy schon davongebraust. Er hatte uns an einer Telefonzelle am Rande von Rostock allein gelassen.

Zu allem Unglück fing es auch noch zu regnen an.

Da fiel mir die Geschichte von *Brüderchen und Schwesterchen* ein. Die hatten eine böse Stiefmutter und zu Hause keine gute Stunde mehr, deshalb wollten sie miteinander in die weite Welt gehen. Sie liefen den ganzen Tag über Wiesen, Felder und Steine, und als es regnete, sprach das Schwesterchen: »Gott und unsere Herzen weinen gemeinsam.«

Ich reichte Dilan die Hand. »Komm.«

Und wir waren bald so müde vom Jammer, Kummer, Hunger und dem langen Weg, dass ich wünschte, wir fänden einen hohlen Baum, in dem wir uns verkriechen könnten, um zu schlafen.

Martins Beerdigung

Wir fanden keinen hohlen Baum und mussten in unserer Räuberhöhle unterkriechen. Als wir am anderen Morgen aufwachten, stand die Sonne schon hoch am Himmel und schien heiß in unsere Fabrikruine.

Um sie zu trösten, hatte ich Dilan die Geschichte von *Brüderchen und Schwesterchen* erzählt. Die waren ja noch ärmer dran gewesen als wir.

Nun sagte sie lächelnd: »Mich dürstet. Wenn ich ein Brünnlein wüsste, ich ging und tränke einmal. Ich meinte, ich hörte eins rauschen.«

Wir hatten auch bald die Stelle gefunden, an der Wasser von der Decke tropfte und glitzernd auf dem Zementboden zersprang, sodass sich eine Pfütze bildete. Dilan hielt die Hand auf, um einen Tropfen zu fangen.

Ich hatte Angst, dass dieses Wasser faulig oder giftig sein könnte, und sprach wie im Märchen: »Trink nicht, sonst wirst du ein Reh und läufst mir fort.«

Aber dann dachte ich, das wäre gar keine schlechte Lösung. Ich könnte Binsen rupfen und ein weiches Seil daraus flechten, daran würde ich das Tierchen binden und durch die Stadt führen, bis wir ein besseres Quartier gefunden hätten. Und abends, wenn ich müde wäre, legte ich meinen Kopf auf den Rücken des Rehs, das wäre mein Kissen, auf dem ich sanft schlafen könnte, und hätte Dilan nur ihre menschliche Gestalt, es müsste ein herrliches Leben sein.

Ich erzählte Dilan, wie ich mir ihre Verzauberung vorstellte, und wir hatten eine ganze Weile zu lachen.

Tagsüber vergaßen wir unseren Kummer am Strand, aber nachts, wenn die Fledermäuse durchs Gemäuer der Ruine taumelten, kam die Traurigkeit zurück und wir fühlten uns umzingelt wie Brüderchen und Schwesterchen von den wilden Jägern des Königs. Wir spürten die Gefahr und wussten beide, dass uns die Träume keine Rettung brachten.

Da sprach ich: »Dilan, es war meine schlimmste Stunde, als du am Strand gesagt hast, du wolltest dich von mir trennen, weil das zu meinem Besten wäre. Jetzt sage ich dir, ich will mit meiner Mutter telefonieren und ihr mitteilen, dass ich zu Kreuze kriechen werde, weil das zu deinem Besten ist.«

»Und du traust deinen Eltern?«

»Was soll ich machen«, antwortete ich. »Meine Großmutter Habenicht in Pälitzhof ist schon alt, Doktor Parisius hat seine Praxis und mein echter Vater, der mir ganz sicher beispringen würde, kann es nicht tun, weil er die stramme Rosi am Halse hat. Bleiben also meine Mutter und der dicke neue Mann. Die haben mich zwar bitter enttäuscht, aber ich kann mir nicht denken, dass sie neidisch und missgünstig sind wie Brüderchens und Schwesterchens Stiefmutter. Die hatte keine anderen Gedanken, als wie sie die beiden ins Unglück bringen könnte. Ich muss es aber geschickt anstellen.«

»Gut«, sagte Dilan, »du hast es heute mit den Gebrüdern Grimm, und ich komme dir jetzt mit der *Bürgschaft* von Schiller. Ich bitte dich um drei Tage Zeit.«

»Warum?«

»Ich möchte noch zu Martins Beerdigung gehen.«

Wir mussten über todernste Dinge sprechen und konnten trotzdem ein bisschen lachen, weil es uns mitten im Elend gelang, ein gebildetes Gespräch zu führen und nicht bloß von Scheiße zu reden. Es ist schon was wert, wenn man einigermaßen belesen ist.

Die drei Tage wurden uns lang. Wir kauften jeden Morgen die *Ostsee-Nachrichten* und erfuhren, dass man Martins Leiche noch in der Unglücksnacht gefunden hatte. Die Polizei berichtete, der knallrote Golf sei gestohlen worden. Der jugendliche Fahrer, ein gewisser Martin H., sei ohne Führerschein unterwegs gewesen, wahrscheinlich um das Fahrzeug zu verstecken, und bei dieser Gelegenheit auf tragische Weise ums Leben gekommen.

Sonst war nur Mist zu lesen, der uns wenig interessierte. Die Witwe eines Filmschauspielers war auf dem kleinen Flughafen Merz gelandet, weil der Künstler dort vor hundert Jahren für einen Fliegerfilm geübt hatte. Es handelte sich jedenfalls um ein Jubiläum, deshalb wurde die Dame in die alte Tante Ju verladen und mit dem Museumsstück einmal im Kreis herumgeflogen. Selbstverständlich war sie heilfroh, dass sie lebendig unten wieder ankam, und sprach, von oben seien die Seen schön blau, die Rapsfelder schön gelb und die Wiesen schön grün gewesen.

Das war eine gute Reklame für Meckpomm. Dilan und mir gefiel es trotzdem nicht mehr in diesem Land.

Und dann kam Martins Beerdigung.

Auf dem Friedhof gingen ein paar Polizisten auf und ab und andere in Zivil standen herum. Diese Figuren kennt man aus den Fernsehkrimis: Männer, die keine Miene verziehen, nur ihre Pupillen rollen, einmal in den linken Augenwinkel und dann wieder nach rechts. Dazu muss man sich Musik vorstellen, die sich anhört wie das Tatütata der Feuerwehr.

Es waren so viele Trauergäste gekommen, dass wir uns unauffällig dazwischenschieben konnten, Freunde und Bekannte von Martins Familie, Neugierige und Gangster, Leute aus fremden Ländern, Afghanen und Inder von den Fritten- und Dönerbuden, Nutten aus dem Hafenviertel, manche in tollen Klamotten.

Das Schönste war Martins Leiche, die im offenen Sarg lag und besichtigt werden konnte, wie das sonst nur in Russland üblich ist. Der Junge hatte es im Leben schwer gehabt, jetzt, wo er tot war, lag er zwischen lauter bunten Blumen. Vielleicht hatte seine Mutter an das blöde Lied gedacht, das manche Frauen singen, wenn ihre Kinder ganz klein sind: *Mit Näglein besteckt, schlupf unter die Deck*. Jedenfalls hatte sie Martin so herrichten lassen, als könnte der Junge, wenn Gott nur wollte, morgen früh wieder geweckt werden.

Andy stand mit seinem jüngeren Bruder Wache, als Dilan und ich an die Bahre traten.

Er zischte uns zu: »Die Bomberjacke ist nagelneu, auch das Basekap, das er tragen muss, damit die Kopfwunde verdeckt ist. Ich habe ihm einen Zwanzigmarkschein in die rechte Jackentasche gesteckt und sechs Zigaretten in die linke. Wie findest du das?«

»Stark«, flüstere ich und Dilan nickte.

»Haut ab«, sagte er plötzlich. »Mama kommt!«

Wir traten zurück und starrten, konnten aber leider nicht feststellen, ob die Mutter noch so hübsch war, dass sie einem Afghanen gefallen würde, denn die Frau war so tief verschleiert wie eine reiche Witwe beim Staatsbegräbnis.

Das Mädchen an ihrer Hand musste Miriam sein. Die Kleine hatte riesengroße dunkle Kulleraugen und sah noch niedlicher aus als eine teure Puppe.

Ich dachte, hoffentlich wird ihre Mutter bis zur Einschulung so gesund, dass sie daran denkt, Miriam zum Unterricht zu schicken. Es wäre sehr schade, könnte so ein hübsches Mädchen nicht schreiben und lesen lernen.

Dem bärtigen Afghanen hingen verfilzte Zöpfe vom Kopf. Er stützte die Mutter, trotzdem schwankte sie ein wenig.

Der Kirschlikör muss ja nicht schuld gewesen sein, wir stellten nämlich fest, dass sie in der Aufregung vergessen hatte, richtige Schuhe anzuziehen, sie kam in Puschen zum Sarg gestolpert.

Später hielt ein junger, bärtiger Pfarrer mit wilden Haaren eine Rede. Zuerst provozierte er die ganze Meute auf dem Friedhof, also auch die vielen Polizisten. Wer von den Leuten ohne Schuld wäre, solle den ersten Stein werfen. Natürlich hat sich kein Aas getraut.

Und zum Schluss hat er was Tolles aus der Bergpredigt vorgelesen: *Selig sind, die da hungert und dürstet nach der Gerechtigkeit, denn sie sollen satt werden.* Das ist ziemlich blumig ausgedrückt, aber ich verstand, was gemeint war. Vor zweitausend Jahren ist uns Gerechtigkeit versprochen worden, jetzt beginnt das dritte Jahrtausend und solche armen Schweine wie Dilan und ich müssen sich immer noch fürchten und verkriechen.

Am Schluss wollten alle Leute zu der Grube hin, in die Martins Sarg gesenkt worden war. Auch Dilan und ich reihten uns ein, aber wir kamen gar nicht bis zum Grab.

Ich spürte plötzlich, das mich jemand von hinten packte, dann fühlte ich was Hartes, Kaltes im Genick, todsicher die Mündung einer Pistole.

Eine Stimme flüsterte: »Kein Wort, Kleiner, kein Schrei, oder ich mach dich kalt!«

Ich blickte nach rechts und sah zu meinem Schrecken, dass sich der Dickarsch in der Lederhose Dilan gegriffen hatte. Er führte sie zur Seite und machte das so geschickt, dass es aussah, als begleite ein guter Onkel seine kleine Nichte, der schlecht geworden war, hinter die Büsche, damit sie sich auskotzen kann.

Der Kerl, der mich im Griff hatte, folgte den beiden. Ich wagte nicht, mich zu wehren und ließ meine Augen verzweifelt umherschweifen, vielleicht erblickten sie jemanden, der unsere Entführung bemerkte und uns zu Hilfe käme.

Aber alle Aufmerksamkeit richtete sich auf das offene Grab. Dort machte Martins Mutter Theater. Sie stand wankend am Rande der Grube und der Afghane, der noch ein junger Kerl war, musste alle Kräfte aufbieten, um die Frau festzuhalten, die laut jammerte und sich in die Tiefe hinabstürzen wollte, um ihrem toten Sohn Gesellschaft zu leisten. Sie hatte ihn vernachlässigt, die Reue kam zu spät.

Als wir zwei Gräberreihen entfernt waren, lockerten die Verbrecher den Griff, denn wir wurden von Lebensbäumen und anderem Grünzeug verdeckt, das auf dem Friedhof wucherte.

Jetzt traute ich mich und schrie: »Was soll der Scheiß?«

»Schnauze«, fauchte der Dickarsch in der Lederhose. »Ihr seid Martins und Andys Komplizen. Streitet das nicht ab. Wir haben uns neulich vor dem Bahnhof getroffen. Ihr beide wisst, wo der grüne Golf mit dem Schiebedach steht, der Ersatzwagen. Andy hat uns das verraten. Und ihr werdet uns den Weg dorthin zeigen.«

Meinetwegen. Ich wechselte mit Dilan einen Blick und klapperte ein paar Mal mit den Lidern, um sie zu beruhigen.

Die Verbrecher konnten mit uns auf keinen Fall bis zur Fabrikruine am Rande der Stadt latschen. Also mussten wir zum Parkplatz marschieren und dort würde todsicher auch ein Auto der Polizei stehen oder einer der Männer mit dem unbeweglichen Gesicht und den nach rechts und links rollenden Pupillen.

»Also kein Affentheater«, forderte der Dickarsch in der Lederhose. »Ihr führt uns zu dem grünen Golf, es soll nicht euer Schaden sein. Ich hörte, die Kleine braucht etwas Reisegeld.« Er klopfte Dilan vertraulich auf den Hintern.

Das fand ich deprimierend und fragte höhnisch: »Und wenn wir uns weigern?«

Der Dickarsch grinste teuflisch. »Dann machen wir uns einen Spaß mit deiner Freundin.«

»Ihr Schweine«, stammelte ich erbittert und kriegte sofort einen Hieb ins Genick.

Wir gingen zwischen den Gräbern auf den Ausgang des Friedhofs zu. Der Parkplatz lag auf der gegenüberliegenden Straßenseite und ich überlegte angestrengt, was ich tun könnte.

Dem Lippenstrippenbart hatte ich damals ein Bein gestellt, da war er – peng! – aufs Kinn geknallt, aber hier hatte ich es mit zwei Verbrechern zu tun. Ich beherrschte ein bisschen Judo, aber würden meine Griffe ausreichen, wenigstens einen der Männer aufs Kreuz zu legen? Mit Kraft war ihnen nicht beizukommen, höchstens mit List.

Dichter Verkehr auf der Chaussee vor dem Friedhofstor. Man musste aufpassen, wollte man sich zwischen den heranfahrenden Autos zum Parkplatz hinüberschlängeln.

Da fiel mit etwas ganz Blödes ein.

Ich schrie, als würde ich angefahren: »Scheiße!«, und ließ mich mitten auf der Fahrbahn zu Boden fallen.

Dilan machte es mir nach und schrie wie am Spieß.

Die Verbrecher wollten uns nicht loslassen, also mussten sie sich bücken und uns wie prall gefüllte Kartoffelsäcke von der Fahrbahn schleifen.

Die Autofahrer stoppten und hupten. Mit einem Mal war vor dem Friedhof die Hölle los. Als uns die Strolche endlich auf die andere Straßenseite gezerrt hatten, wartete dort schon die Polizei auf sie und ließ die Handschellen zuschnappen.

Dilan und ich wurden aufgefordert auf dem Rücksitz eines grünweiß lackierten Polizeiwagens Platz zu nehmen.

Der letzte Kuss

Ich wusste nicht, wie viele Stunden vergangen waren, zwei oder drei, als sich der Schlüssel im Schloss drehte und meine Zellentür geöffnet wurde.

Wahrscheinlich hatte mich nach allen Aufregungen die Müdigkeit umgeworfen. Jedenfalls lag ich auf der Pritsche, musste mich hochrappeln und rieb mir die Augen, als ein Polizist vor mir stand.

Er winkte zur Tür hin. »Mitkommen bitte!«

Ich hatte eine Menge Zeit gehabt, mir alle Erlebnisse durch den Kopf gehen zu lassen, und war bereit zum Verhör.

Aber dann kam wieder einmal alles anders, als ich erwartet hatte.

Der Beamte führte mich in eines der Dienstzimmer und mir hüpfte das Herz, als ich dort Dilan auf einer Bank sitzen sah.

»Darf ich mich neben sie setzen?«, fragte ich den Kriminalkommissar, der gerade eintrat.

Es war der Mann mit dem freundlichen Pferdegesicht, der uns aus den Händen der Verbrecher errettet und danach verhaftet hatte.

»Meinetwegen.«

Ich rückte an Dilan heran und wir nahmen uns bei der Hand wie Brüderchen und Schwesterchen, aber wir wussten, dass für uns beide keine gute Stunde schlagen würde.

Dann öffnete sich die Tür. Drei Menschen kamen herein, meine Mutter mit nassen Augen, Big Woldi mit Runzelstirn und Doktor Parisius mit lachendem Gesicht.

Solche Begegnungen sind ergreifend. Die Seele bewegt sich und man muss höllisch aufpassen, dass einem nicht die Tränen kommen.

Ich kannte diese Szene allerdings von den Weihnachtsfilmen und war ein bisschen abgehärtet. Trotzdem muss ich mich jedes Jahr wieder zusammenreißen, wenn der kleine Lord seine Mama unter dem riesigen Lichterbaum findet.

Die drei Menschen erdrückten mich fast, rissen mich von Dilan fort und zerfetzten mir in der Wiedersehensfreude beinahe meine verkeimten Klamotten.

Als ich endlich freigekommen war, legte Big Woldi den Ring mit dem großen Edelstein auf den Tisch und machte dazu ein leuchtendes Auge.

Er sprach feierlich: »Wir haben es dem Kommissar Maaß zu verdanken, dass wir unser Versprechen einlösen konnten. Jetzt bist du am Zuge.«

Niemand hatte Dilan umarmt, deshalb übergab ich ihr den Ring, der sie nach Kurdistan führen sollte, und umschlang sie heftig, um meiner Familie ein Beispiel zu geben. Sie begriffen nichts, reichten ihr aber immerhin die Hand.

»Dann können wir ja beginnen«, meinte Kriminalkommissar Maaß und blickte mich auffordernd an.

Es sollte also kriminalistisch werden, ich atmete tief ein. Da fiel mir ein, was ich schon oft im Fernsehkrimi gehört hatte: kein Wort ohne meinen Anwalt.

Ich sagte: »Moment mal.«

Den Ring hatte ich erhalten und an Dilan weitergeben können, jetzt wollte ich wissen, ob mein Großvater Doktor Parisius einen guten Rechtsanwalt engagiert hatte, um Dilan und mir zu helfen.

Der alte Mann blickte auf seine Armbanduhr. »Ich habe den besten Juristen verpflichtet, der zu haben war. Er muss jeden Moment erscheinen. Es handelt sich um Peter Michael Biestel.«

Den kannte ich sogar. Oft hatte das Fernsehen über diesen mutigen Staranwalt berichtet, der so manchen Angeklagten vor einem ungerechten Urteil bewahrt hatte. Ein paar Jahre lang war er nämlich Minister in der Regierung gewesen und kannte alle Tricks. Außerdem war der Mann ein berühmter Kraftsportler und so schön, dass man ihm die sächsische Aussprache nicht übel nehmen konnte.

Der Rechtsanwalt kam, warf seine Aktentasche auf den Tisch und sagte: »Herr Kommissar, ich gehe von der Annahme aus, dass gegen Raoul Habenicht kein Haftbefehl beantragt wird. Keine Fluchtgefahr, keine Verdunklungsgefahr. Er kann also Rostock in Begleitung seiner Eltern verlassen und in Niegenburg« – er sagte Niechenburch – »zur Sache vernommen werden.«

Das wurde bestätigt.

Meine Mutter rief: »Freust du dich nicht, Raoulilein?«

Immer, wenn sie besonders lieb sein will, macht sie mich

besonders klein, als ob sie nicht wüsste, dass ich längst die Pubertät am Halse hatte.

Ich fragte: »Was wird aus Dilan?« Alle blickten an ihren Nasen hinunter.

Peter Michael Biestel strich sich über das dunkle, gewellte Haar und sagte: »Ich gehe von der Annahme aus, ihr beide wisst noch nicht, dass Dilan möglicherweise die Erbin eines großen Vermögens in der Türkei ist.« Er sagte Vermöchen.

Da ich schon immer vermutet hatte, dass Dilan eine verkappte Prinzessin ist, konnte ich bloß dümmlich grinsen.

Der Rechtsanwalt fuhr fort: »Es ist mir gelungen, Verbindung zu den dortigen Behörden aufzunehmen. Nun kommt es darauf an, die Identität des Mädchens zu klären.«

Ich sprach für Dilan und rief: »Nichts leichter als das!« Dann erzählte ich von Doktor Kütscheküja, genannt Onkel Kütsch. Man brauchte ihm nur das Mädchen vorzuzeigen und dazu den Ring mit dem Edelstein.

»Richtig«, sagte der schöne Rechtsanwalt. »Leider muss deine kleine Freundin aber noch eine Weile im Gewahrsam der Polizei verbleiben, ehe sie nach Hamburg und dann in die Türkei reisen kann.«

Nun war der Augenblick gekommen, den sich Dilan zu meinem Nutzen gewünscht hatte. Wir sollten uns trennen. Jetzt schon. Bei dem Wiedersehenstheater war ich cool geblieben, nun kamen mir die Tränen. Schade, dachte ich, dass im dritten Jahrtausend nach Christus Märchen nicht mehr vorkommen, sonst hätte ich Dilan doch von dem Wasser trinken lassen, das in der Fabrikruine zu Boden tropfte und dort glitzernd zersprang. Vielleicht wäre sie in ein Reh verwandelt worden. Ich hätte Binsen gerupft, ein weiches Seil daraus geflochten, um das Tierchen anzubinden, und wir wären so lange gelaufen, bis wir an ein kleines Haus gekommen wären, in dem wir beide hätten wohnen können.

Meine Mutter sprach tröstend: »Lange kann der Gefängnisaufenthalt nicht dauern und du wirst dich in einer ordentlichen Zelle besser fühlen als in eurer Räuberhöhle, nicht wahr, Dilan?«

Sie antwortete nicht.

Ich sagte: »Ich will bis zum Flugzeug mitgehen dürfen, wenn Dilan abfliegen muss.«

Der Rechtsanwalt meinte, er gehe von der Annahme aus, dass seinem Mandanten die Bitte gewährt würde, und Kommissar Maaß nickte dazu.

Sie haben wieder mal ihr Wort gebrochen.

Ich durfte nicht bis zum Flieger hin, als der Flug nach Ankara aufgerufen wurde, sondern konnte Dilan auf dem Hamburger Flughafen nur bis zum Ausgang des Warteraums begleiten, keine zwanzig Schritte.

Ich trug meine neuen Markenjeans und hatte mich in ein frisch gewaschenes blaues Shirt gezwängt. Dilan sah megastark aus. Onkel Kütsch hatte ihr ein grünes Kleid mit weißen Punkten gekauft. Das passte gut zu ihren hellorangen Haaren. Wir hatten sie erst vor wenigen Wochen in Warnemünde färben lassen, aber es kam mir vor, als wäre das im vergangenen Jahrtausend gewesen.

»Mach's gut, Dilan.«

»Mach's gut, lieber Raoul.«

Mehr brachten wir nicht über die Lippen.

Noch zehn Schritte bis zur Stewardess. Sie zerriss die Bordkarte und mir zerriss es das Herz. Ich konnte nur noch stumm die Arme heben. Dilan umarmte mich beinahe mütterlich und küsste mich zum letzten Mal.

»Wir telefonieren«, sagte ich zum Abschied.

»Wir telefonieren«, antwortete sie.

Dann nahm sie ihr Onkel Kütsch an die Hand und Big Woldi fasste mich bei den Schultern.

Diesmal fand ich, dass der neue Mann meiner Mutter in seinen schwarzen Klamotten richtig gekleidet war, denn mir kam es so vor, als wäre ich schon wieder auf einer Beerdigung gewesen.

Auf der Fahrt zurück sprach ich kein Wort und ich hatte keine Lust am nächsten Montag irgendwas zu sagen. Da sollte ich nämlich vor meiner Klasse, den Lehrern und der dicken Freifrau Elisabeth von Felseneck wegen meiner schweren Fehler Rede und Antwort stehen.

Das Tribunal

Obwohl ich wieder einmal danebengehauen hatte und sogar ein bisschen kriminell geworden war, versuchte meine Familie alles, um mich nach Dilans Abflug aufzuheitern.

Doktor Parisius wollte bei seinem Parteifreund, dem Ministerpräsidenten, ein gutes Wort für mich einlegen, um den Rausschmiss am Schlossgymnasium Sophie Charlotte zu verhindern.

»Tu das ja nicht«, habe ich gefaucht, »sonst gehe ich zu der dämlichen Verhandlung gar nicht erst hin. Ich will keine Unterstützung von einer Regierung, die darauf beharrt, mich von Dilan zu trennen.«

Sie lebt jetzt bei Verwandten in Kurdistan, nicht weit von der irakischen Grenze, wo die Häscher immer noch Rebellen suchen und die türkische Armee in den Dörfern herumknallt oder sogar mit Bomben schmeißt. Aber am Schlossgymnasium wird gefeiert.

Sophie Charlotte, Prinzessin von Strelitz und Königin von England, wäre nämlich im Jahre 2001 ungefähr zweihundertfünfundsiebzig Jahre alt geworden, das ist ein großes Ereignis für Mecklenburg.

Deshalb wurde in den zwölften Klassen eine Misswahl organisiert und das schönste Mädchen herausgesiebt.

Das hat man im Theaterfundus mit Reifrock und Perücke kostümiert, ihm einen langen Lulatsch als Durchläuchting an die Seite gegeben, und weil die beiden beim Menuett dauernd über die eigenen Füße stolperten, wurde ihnen erlaubt, stattdessen in der Aula Walzer zu tanzen. Johann Strauß hätte sich totgelacht. Das Publikum war begeistert.

Ich habe nachgeschlagen und mal gerechnet. Wenn man von 2001 zweihundertfünfundsiebzig abzieht, kommt man auf die Jahreszahl 1726. Johann Strauß hat den Wiener Walzer aber erst hundert Jahre später erfunden.

Meinetwegen sollen sie doch walzen. Und das Mädchen, obwohl es an Dilan nicht heranreichte, hat als alte Königin hübsch ausgesehen.

Die echte Majestät soll Entenfüße und eine ziemlich lange Nase gehabt haben. Der Hofgärtner von England wird sich was dabei gedacht haben, als er eine neu gezüchtete Blume zu Ehren der Queen *Strelitzia* genannt hat. Diese Pflanze treibt ziemlich hässliche Blüten mit roter Hahnenkammfrisur und einer blauen Geierschnabelnase.

Was soll ich bei Sophie Charlotte?

Big Woldi hat sich nicht lumpen lassen und meinen Computer mit ein paar neuen CD-ROMs aufgerüstet, darunter eine teure Enzyklopädie.

Als Erstes habe ich mir etwas über die Kurden heruntergezogen: Volk in Vorderasien mit persischer Sprache. Rund 600 000 Kurden leben auf Grund politischer Verfolgung in verschiedenen westeuropäischen Ländern, vor allem in der Bundesrepublik Deutschland.

Politische Verfolgung – sogar bei Microsoft ist sie gespeichert. Dilan hat trotzdem davon gewusst.

Wenn sie eine Erbin ist, müsste sie sich einen Computer kaufen lassen, um ins Internet zu gehen. Wir könnten uns in Sekundenschnelle per E-Mail verständigen – I love you – und aller Welt ein Schnippchen schlagen. Ach, wär das schön.

Meine Mutter bedrängte mich, sie wollte mich unbedingt zur Verhandlung ins Schlossgymnasium begleiten und versprach sich von dieser Show etwas.

Sie ist nämlich immer noch eine schöne Frau, arbeitet in einem Modesalon und ist besser gekleidet als Freifrau von Felseneck und alle Lehrerinnen, die viel zu kurze Röcke tragen. Aber was nutzt es, wenn sie dem Turnlehrer gefällt? Die männlichen Lehrkräfte haben an Sophie Charlotte wenig zu bestellen.

Ich sagte: »Es reicht mir, dass mich Peter Michael Biestel verteidigt, wenn es kriminell wird, weil ich auf das Amtsgericht muss. In der Schule rede ich für mich alleine.«

Übrigens gab es dort eine gute Veränderung. Kalbsauge, der Skin ohne Glatze, war nicht mehr auf dem Schulhof zu sehen. Ich traute mich den jungen Grafen Schöneiche nach seinem Kumpel zu fragen. Er sagte, Doktor Detlev Fleischhacker, Ressortchef bei der *Mecklenburgischen Rundschau*, wäre mit den Zuständen an Sophie Charlotte nicht mehr einverstanden gewesen und hätte Kalbsauge auf eine Penne mit Internat in Bayern verfrachtet. Darüber wäre auch er, der junge Graf, erleichtert.

Er hat mir nach der Schule sogar einen Joint angeboten. Ich habe sehr freundlich abgelehnt.

Den schärfsten Bestechungsversuch unternahm meine Großmutter Habenicht, die ich gleich hinter Dilan als meinen zweitliebsten Menschen eingestuft habe.

Sie sagte: »Ich nehme an, du wirst weiterhin in Pälitzhof wohnen wollen, und da du kein Kind mehr bist, mache ich einen Vorschlag: Du ziehst aus der Dachschräge zu mir nach unten und darfst im Ehebett an meiner Seite liegen, dort, wo dein Großvater gestorben ist.«

»Gut gemeint«, habe ich gesagt und den Kopf geschüttelt, denn ich wusste von Dilan, wie laut meine Großmutter schnarcht.

Außerdem brachte ich es nicht fertig, dort zu wohnen, wo ich die glücklichsten Tage meines Lebens verbracht habe und mich jeder Gegenstand an Dilan erinnert.

Was meine Sippschaft anstellt, um mich aufzubauen, geht mir auf den Keks, trotzdem spüre ich, dass ich nicht von aller Welt verlassen bin.

Mein Großvater, Doktor Parisius, blättert jährlich zehn Riesen hin, damit ich am Schlossgymnasium Sophie Charlotte lernen darf. Und ich will gar nicht wissen, was sich Peter Michael Biestel für meine Verteidigung bezahlen lässt. Ich habe diesen schönen Anwalt gefragt, ob er kostenlos herauskriegen kann, was aus Andy geworden ist. Er hat die Schultern gehoben. Niemand weiß es, nicht einmal die Polizei.

Wahrscheinlich lebt der Junge im Untergrund von Rostock und ernährt sich von Mundraub. Wenn es Winter wird und die Gemüsehändler ihre Auslagen von der Straße ins Haus holen, muss er zu Kreuze kriechen. Ich glaube nicht, dass sich Andy in der Nähe von Besenberg herumtreibt. Er hätte mir eine Nachricht hinterlassen.

Ein paar Mal hab ich meinen Arm bis zum Ellenbogen in das ausgefaulte Astloch der Kastanie geschoben. Keine Zeichnung im toten Briefkasten, kein Zettel. Und die erste Klasse kann der Junge auch nicht nachholen, weil Dilan abgeschoben worden ist. So beschissen geht es einem Menschen, der keine Lobby hat.

Und dann kommt das Tribunal.

Das gesamte Kollegium einschließlich Sekretärin war anwesend, dazu meine Mitschüler und die aus der Neunten, mit denen ich mich geprügelt hatte. Weil unser Klassenzimmer zu klein war, fand die Verhandlung in der Aula statt, Riesenraum, geschnitzte Balkendecke, hohe schmale Fenster an der einen Seite. Einen Gerichtssaal stelle ich mir so ähnlich vor.

An der Stirnseite der Aula, den Schülern gegenüber, hatten hinter zusammengeschobenen Tischen die Lehrer Platz genommen. Finstere Gesichter, nur Frau Miefeld blinzelte mir durch die Brillengläser aufmunternd zu und fuhr sich aufgeregt durch die Rauschgoldengelfrisur.

Die Freifrau von Felseneck mimte den Staatsanwalt und ließ die Mundwinkel bis aufs Kinn hängen wie ihre alte Bulldogge, die sie manchmal mit in die Schule bringt.

Auf den ersten Stuhlreihen hockten die Schülerinnen und Schüler aus der Siebenten und der Neunten. Sie starrten zu mir auf der Armsünderbank, feixend, Kaugummi kauend und schwatzend, bis Frau von Felseneck auf den Tisch schlug und meine Verfehlungen auflistete.

Es hörte sich an, als riefe sie von einer Kanzel, und es hallte nach wie in einer Kirche:

Irreführung der Behörden …

Behörden – Behörden

Gemeiner Diebstahl …

Diebstahl – Diebstahl

Mitglied einer kriminellen Bande …

Bande – Bande

und so weiter und so fort.

Dann sollte ich zu der Anklage Stellung nehmen.

Zuerst wollte ich die Aussage verweigern, aber dann sah ich, wie gespannt sich die Schüler nach vorne beugten, und erzählte einfach drauflos.

Als ich an die Stelle gekommen war, wo Dilan und ich nackt auf dem abgestürzten Baumstamm gesessen hatten und mein Lümmel in die Höhe sprang, grölte die Schülerschaft und Freifrau von Felseneck wollte mir das Wort entziehen.

Das versuchte sie noch dreimal. Jedes Mal wurde sie niedergeschrien.

»Einspruch, Euer Ehren! Weitererzählen, weitererzählen!«

Nach einer Stunde war das Kollegium total erschöpft und sollte den Urteilsspruch fällen.

Freifrau von Felseneck ordnete den Hinauswurf an und sprach verächtlich von Crime und Sex, von Blut und Cola.

Die Lehrerschaft hatte sich gerade von den Stühlen aufgerappelt, da erhob sich der junge Graf Schöneiche und rief in den Saal: »Einen Moment noch, wenn ich bitten darf, gnädige Frau! Ich weiß nicht genau, weshalb die Siebente und die Neunte geladen sind. Wahrscheinlich sollen sie sich eine Meinung bilden wie die Schöffen bei Gericht.«

»Wie würden Sie entscheiden, schuldig oder nicht?«, fragte Frau von Felseneck und sah aus wie eine stark geschminkte, hochtoupierte Dogge, die knurren will.

»Habenicht hat Charakter«, sagte der junge Graf. »Es wäre ein Verlust für das Schlossgymnasium Sophie Charlotte, wenn er gefeuert würde.«

Und schon stimmten die Schüler mit den Füßen ab und trampelten wie wild auf das geölte Parkett. Der Beifall dauerte, bis sich die Lehrer im Gänsemarsch zurückgezogen hatten.

Als Letzte marschierte die Sekretärin und zog die Türe hinter sich ins Schloss.

Was dann geschah, wollte mir die Tränen in die Augen treiben, obwohl ich doch Charakter habe.

Viele Mädchen und Jungen traten nacheinander an meinen Tisch und überreichten mir, als hätte ich Geburtstag, ein Geschenk, einen Radiergummi, einen Kugelschreiber mit Reklame-Aufschrift, Freundschaftsbänder, saure Drops, Zigaretten, Kaugummis, Salami- und Käsebrötchen jede Menge. Alle drückten mir die Hand, alle standen mir bei.

Ich bin gespannt, wie das hohe Gericht entscheiden wird.

Helmut Sakowski, Jahrgang 1924, absolvierte eine Forstlehre und anschließend die Fachschule für Forstwirtschaft. Neben seiner Tätigkeit als Revierförster begann er zu schreiben. Besonders mit seinen Bühnenstücken und Drehbüchern für große Fernsehserien machte er sich in der früheren DDR einen Namen. Heute schreibt er außer Drehbüchern vor allem Romane für Erwachsene und Kinderbücher.

Bereits bei Thienemann erschienen:

Die haarsträubenden Abenteuer des Raoul Habenicht
Katja Henkelpott und die Schlangenkönigin
Katja Henkelpott kommt in die Schule

Die Deutsche Bibliothek – CIP-Einheitsaufnahme

Ein Titeldatensatz für diese Publikation
ist bei Der Deutschen Bibliothek erhältlich

Sakowski, Helmut:
Raoul Habenicht gegen
den Rest der Welt
ISBN 3 522 17403 8

Einbandillustration: Regina Kehn
Einbandtypografie: Michael Kimmerle
Schrift: Sabon, Farmhouse, Smudger
Satz: KCS GmbH, Buchholz/Hamburg
Reproduktion: Die Repro, Tamm
Druck und Bindung: Friedrich Pustet, Regensburg

5 4 3 2 1* 01 02 03 04 05

Thienemann im Internet: www.thienemann.de

Raoul Habenicht ist nicht zu schlagen

Helmut Sakowski

Die haarsträubenden Abenteuer des Raoul Habenicht

288 Seiten, ISBN 3 522 17288 4

Raoul Habenicht wird ganz schön vom Leben gebeutelt: Seine Eltern lassen sich ratzfatz hinter seinem Rücken scheiden, er muss mit seiner Mutter zu Big Woldi, der großen Glatze, ziehen und dann auch noch mitten im Schuljahr in die Vierte zurück. Zum Glück stehen ihm der Oberkater Munzo mit dem Laserblick und Dilan, die Prinzessin mit den Funkelaugen, zur Seite.
Die viel geliebten Raoul-Habenicht-Bücher *Wie brate ich eine Maus* und *Prinzessin, wir machen die Fliege* in einem Band.

THIENEMANN

Die abenteuerliche Welt von Redwall

- von Brian Jacques -

Redwall – Der Sturm auf die Abtei

448 Seiten, viele Illustrationen, ISBN 3 522 17140 3

In der Abtei Redwall leben die Mäuse zusammen mit vielen anderen Tieren in Frieden und Eintracht. Doch eines Tages, während ein fröhliches Fest gefeiert wird, taucht der schreckliche Cluny mit seiner Rattenhorde in der Gegend auf. Näher und näher rückt er der Abtei, die er im Sturm nehmen will.

Mossflower – In den Fängen der Wildkatze

464 Seiten, viele Illustrationen, ISBN 3 522 17141 1

In Mossflower herrscht große Not, denn das Land befindet sich in den Krallen der Wildkatze Zarina. Doch sie hat nicht mit Martin dem Krieger gerechnet, der sich dem Befreiungskampf der Bewohner Mossflowers anschließt. Er stellt Zarina ein Ultimatum, das Land bis Sonnenuntergang zu verlassen ...

Mattimeo – Die Rache des Fuchses

464 Seiten, viele Illustrationen, ISBN 3 522 17142 X

Der Sklavenhändler Slagar hat nur eines im Sinn: Rache an den friedlichen Bewohnern von Redwall für die Schmach, die sie ihm angetan haben. Deshalb will er ihnen das Liebste nehmen, das sie besitzen: ihre Kinder. Matthias und seine Freunde müssen alles daran setzen, Slagar das Handwerk zu legen.

Mariel – Das Geheimnis der Glocke

464 Seiten, viele Illustrationen, ISBN 3 522 17252 3

Die Seeratte Gabuhl ist der Schrecken der Meere. Auf einem seiner Beutezüge bringt er das Schiff von Josef und dessen Tochter Mariel in seine Gewalt, die eine riesige Glocke mit sich führen. Diese Glocke birgt ein Geheimnis – doch Josef weigert sich standhaft es preiszugeben. Dafür sollen seine Tochter und er mit dem Leben büßen. Doch Mariel entkommt ...

Salamandastron – Die Jagd nach dem Schatz

464 Seiten, viele Illustrationen, ISBN 3 522 17253 1

Farran, der schwarze Fuchs, will die Vorräte der Bewohner von Salamandastron vergiften. Sein Auftraggeber ist Fehrago, kaltblütiger Anführer einer Wieseltruppe, dem jedes Mittel recht ist, um den Schatz von Salamandastron in seinen Besitz zu bringen. Doch hat er die Rechnung ohne Mara gemacht, die mutige Tochter des Herrschers von Salamandastron ...